鈴は浅く挿入したまま、そこばかりを盛んに
ぐりぐりと擦りつけ、大きな声で喘いだ。
「ああ、いい、堪んないよ、数馬の魔羅、美味しいよお」
「く、う……まったく、お前は、本当にけものだな……」

番～つがい～

丸木文華

AZ BUNKO
イースト・プレス

CONTENTS

illustration 村崎ハネル

番～つがい～

春風の少年

うららかな春の日である。太平の世となって、幾年が経つのであろうか。戦に明け暮れた日々など知らぬ存ぜぬ、といったのどかな風が、大川《おおかわ》沿いの今を盛りと咲き誇る桜の白い花弁を優しく散らしてゆく。何本もの渡しが大川を横切り、墨堤《ぼくてい》は行き交う花見客で大層な賑《にぎ》わいを見せていた。

高尾数馬《たかおかずま》は、その人ごみの中でもひときわ目立つ六尺ゆたかの長身を揺らして歩きながら、のんびりと桜を眺めている。

数馬は四季のうちで春が最も好きであった。武家に生まれながらその気性は穏やかでゆるりとしており、争いを好まぬ優しい青年なのである。もしもこれが戦国の世に生まれれば不幸であったろうが、凪《な》いだ時代に生を受けたのが幸運であった。

とはいっても、長身の上にがっしりとした逞《たくま》しい体つきは決して見かけ倒しではない。

高尾家はかつて将軍家の下で武功を重ねた大身旗本、文多《もんだ》家の家老の家であり、その血を受け継いで次男坊に生まれた数馬も、剣の腕は相当のものであった。

浅草《あさくさ》の冴島《さえじま》道場という江戸屈指の名流の門人の中でもいちばんの腕であり、自分の道場を持っては、と方々から勧められているが、道場主の冴島源次郎《げんじろう》は数馬を側《そば》から離さない。妻も子もない源次郎は、早くも道場の後継者は高尾数馬と決めているからだ。

（だが、この太平の世にもはや剣の道など不要……おれがこの刀を世のために役立てる機会など、ほとんどないだろう）

腰に刀を差してはいるが、それを往来で抜いたことなどない。人を斬《き》ったのはこれまでに数えるほどで、どれも逆恨みや暴漢、それも道場や屋敷内へ踏み込まれた際のやむを得ない場合のみであった。

数馬ほどの腕ともなれば、勝負を挑みに真剣勝負を申し込んでくる者もある。剣客の運命といったところであろうか。

そのために、数馬の心は長く休まることがない。こうして道場の帰りに桜並木を見に立ち寄り、美しい花を愛《め》でるのは、自分へのせめてもの慰めであった。

「こらあっ。この盗人《ぬすっと》小僧がっ」

そんな数馬の平穏を破った声がある。ちょうど長命寺《ちょうめいじ》の門前辺りだ。

花見客がなんだなんだとざわつく中を掻《か》き分け様子を見に行ってみると、暖簾《のれん》の前で茶屋の主人と少年が揉《も》み合っている。

「なんだよう、一体おいらが何をしたっていうんだよう」

「何を、だと。盗人猛々《たけだけ》しいとはこのことだ、この野郎めっ」

顔を怒りに染めた主人が少年を思い切り平手打ちにすると、ひいっとか細い声を上げて、少年の折れそうに華奢《きゃしゃ》な体が吹っ飛んだ。左足首につけられた鈴がちりん、と鳴り、それが無性に数馬の心に憐《あわ》れに響く。

転がった小さな体のそのあまりの痛々しさに、気づけば数馬は主人の前へと歩み出ていた。

「一体どうしたと言うんだ」

「は――、これはこれは、高尾さまの」

数馬と顔見知りの主人は怒りに染まった顔を一転させ、恐縮した。

数馬はその身分を笠《かさ》にきて威張り散らすこともなく、こうして庶民の店にも気軽に入るし気安く話しかけるので、下々の者に評判がいい。男ぶりがいいのも有名であり、高尾さまの若様が来ると町娘の輪ができるのですぐにわかる、などと揶揄《やゆ》されるほどだ。

「まだ相手はほんの子どもではないか。少しこらえてはどうか」

「いいえ、それがね、高尾さま」

主人は苦笑いしながら、憎々しげに倒れ伏す少年を見やった。

「この小僧がね、桜餅《さくらもち》を盗もうとしたんでさ」

「盗もうと……」

「ええ。あんまり堂々としていやがるから、最初は呆気《あっけ》にとられちまった。お客に出そうと思って置いておいた盆の上の桜餅引っ摑《つか》んで、そのまま出ていこうとするんで、仰天して、こうやって捕まえてやったわけです」

「盗むってなんだい。おいら、ちゃんと『貰《もら》うよ』って言ったじゃあないか」

倒れたままの子どもは目を潤ませ、可愛《かわい》い高い声を上げて、妙なことを言う。

「何を言っていやがる。銭を払わなけりゃあ、盗みに決まってるじゃねえか」

「銭……?」

少年は大きな目を見開いて、「なんだい、そりゃあ」と不思議そうな顔をしている。

「まだとぼけるか、この小僧」

首を傾《かし》げる少年に、いよいよ主人も堪忍袋の緒が切れたのか、茹《ゆ》で上がったタコのように朱色満面の顔で拳《こぶし》を震わせる。

「ちっと説教して許してやろうかと思ったが、こいつは思ったよりふてえ野郎だ。こうなったら、お同心を呼んで……」

「まあ待て、主人殿」

数馬はいきり立つ主人を宥《なだ》め、その手にたっぷりと銭を握らせた。

「おれがこれであの子どもの分を払おう。それと、桜餅と茶を二人分、頼むよ」

「え、し、しかし、高尾さま」

「あの子には、おれがもう二度とこんなことをしないよう、よくよく言って聞かせる。だからここは、おれの顔に免じて許してやってはくれないか」

五千石の旗本の家老の次男坊である数馬にこうまで言われては、主人も振り上げた拳を下ろさざるを得ない。「さすが高尾さまは懐が深くていらっしゃる」とおもねって、早速作り立ての桜餅と熱い茶を差し出したのであった。

数馬は少年を起こしてやり、土ぼこりで汚れた着物の裾《すそ》を払ってやる。

すると、少年の着ているものが変わっているので、内心（おや）と思った。少年は藤色の水干《すいかん》を着て、前髪を垂らし後ろに高くひとつに束ねている。まるで平安時代の貴族のような格好をしているのだ。それに、最初は白粉《おしろい》を塗っているのかと思ったほど、その首筋は白い。

（これは、日に当たらぬ生活をしてきた者の肌だ）

と数馬は見て取り、思わず意識して少年の華奢な手首を優しく引き、緋毛氈《ひもうせん》の敷かれた縁台へ隣り合って腰かけた。

　少年はさすがに落ち込んでいるのか、おとなしくされるがままになっている。俯《うつむ》いた細く頼りない首筋が、数馬に一層憐憫《れんびん》の情を催させる。

「お前、名は」

「……鈴《すず》」

「どこの生まれだ」

「どこって……王子稲荷《おうじいなり》」

「ほう。あの狐火《きつねび》で有名な」

　王子稲荷は宇迦之御魂神《うかのみたまのかみ》らを祀《まつ》る王子の神社である。関八州稲荷の総社とされ、大晦日《おおみそか》の夜には狐が各地から集まり、狐火の行列が見られるという名所だ。

　だが、鈴と名乗った少年はなんと思ったか、数馬の言葉に目を丸くして振り向いた。

　そのとき、数馬は初めて少年の顔を真正面から見た。その瞬間、数馬ははっと胸を突かれるような思いがしたのだ。

（美しい）

　咲き誇る桜の花も、めかしこんだ町娘たちの艶《あで》やかさも、霞《かす》んでしまうほどの、可憐《かれん》な愛らしさであった。

思わず、数馬は見とれた。二十五年生きてきて、美女と呼ばれる様々な女を目にしてきたが、このように目を奪われたことは初めてであった。

鈴は、見たところ十五、六ほどの、まだ男とも女ともつかぬような中性的な姿をしている。抜けるように白い額に垂れた前髪の艶《つや》やかさ、練り絹のような肌の匂《にお》い立つような美しさ、少しつり目の、大きな黒目がちな瞳《ひとみ》のあどけなさ、小さな赤い唇の初々しさ。それらが、全体的に見ればどこか寂しげで、頼りなげで、たまらなく庇護《ひご》欲をそそるような愛くるしさに満ちているのである。

はたと数馬は我に返り、何を子どもに見とれているのかと恥ずかしくなった。今の江戸には若衆の美しさを愛でる気風が満ちているものの、自分はそのようなものにはとんと心を動かされぬたちであったはずだというのに。

（そうだ。おれは、この子にこの世の道理を教えてやらねばならぬのだ）

数馬は当初の目的に立ち戻り、傍らに座る小さな少年へ話しかけた。少年は見るからに緊張して体を固くしている。まだ数馬を警戒しているようだ。

「鈴。お前、歳《とし》は」

「わからないけど……そんなに長くは生きていないよ」

「わからないのか」

「だって、生じてから数えていないもの」

　変わった言い方をする鈴に、数馬はわずかに狼狽《うろた》える。格好から言動から、この少年は普通と違うところばかりだ。

「そ、そうか。それでは、家族は」

「兄ちゃんとずっと一緒にいた」

「父さんや母さんはどうしたんだ」

　鈴は首を傾げ、やがてかぶりを振る。

　数馬は短く唸《うな》った。やはり、この子どもは少し変わった境遇にあるらしい。銭も知らぬのは、それを教えてくれる親がなく、兄と二人きりだったからのようだ。

（だが、銭の使い方も教えぬような兄では、ろくなものではない……）

　苦々しく思いながらも、数馬はそれをおくびにも出さぬ。今のこの少年に必要なものは教育であり、身内の批難ではないのだ。あまり文句を言っては、開きかけた心も閉じてしまうというもの。

「鈴。いいか。お前の兄さんは教えてくれなかったかもしれないが、店にあるものを手に入れるには、この銭というものが必要なのだ」

　数馬は鈴の小さな手にいくつかの銭を握らせた。鈴は不思議そうに手の上の穴銭を見つ

めている。

「それ一枚を一文銭という。そして、それよりも少し大きなものが四文銭。これは一枚で四文だ。こいつは鉄や銅でできている。もっと高価なものになると、銀や金となる。ここの桜餅はひとつ四文だから、その一文銭が四枚か、四文銭が一枚必要なのだ」

丁寧に説明してやり、「わかるか」と問いかけると、鈴は小さく頷《うなず》いた。しかし、その道理はわかっていないらしい。愛らしい黒い目をくりくりとさせて、小首を傾げている。

「どうして、こんなものがいるの。食べてもいいから、置いてあったんじゃないの」

「違う。人々は皆、この銭と引き換えに、食べ物や着物や、色々なものを買うのさ」

「ふうん……そうだったんだ」

「お前はいつもどうやって食べ物を手に入れていたんだ。その着物は」

「全部、兄ちゃんが用意してくれたから……おいら、よくわかんないよ」

「なぜ、今日その兄さんはいないんだ」

鈴は気まずそうに俯いた。

「本当は、こっちへ下りてきちゃいけないって言われてたんだ。だけどおいら、生まれてからずっとお山にいるから、どうしても色んなものが見てみたくって」

「それじゃ、黙って出てきたのか」

鈴は首を竦《すく》めて、ぺろりと舌を出した。見た目よりも幼いその無邪気さに、数馬は胸が苦しくなる。こんな表情ができるのだから、この子は愛されて育ったはずだ。しかし、世の中のことを何もわかっていない。それがひどく危うく見える。このままそこいらをうろついていたら、きっともっとひどい目にあっていただろう。

「困ったやつだな。今頃、兄さんは必死でお前を捜しているぞ」

「ちょっと遊んだら、帰るつもりでいたんだよ。そしたら、ここからすごくいい匂いがして、おいら、お腹も空《す》いてきちゃったからさ」

空腹を思い出したのか、鈴の腹がきゅうと鳴る。照れ臭そうにエヘへと笑うその顔が、どうにも抱き締めてしまいたくなるほどに可愛らしい。

「腹が減ったなら、食べるといい」

「え、いいの」

皿を差し出す数馬に鈴は顔を輝かせたが、はっと悲しげに目を伏せる。

「でも……おいら、銭を持っていないよ」

「いいんだ。これは、おれがお前のために買ってやった。だから、食べてもいいんだ」

「本当？」

数馬が思わず微笑《ほほえ》んで頷いてやると、鈴は桜餅を掴んで、ぱくりとかぶりついた。しば

らく夢中で口を動かして餅を噛《か》み締めた後、

「甘い！」

と、ごくりと喉《のど》を鳴らして、嬉《うれ》しそうに声を上げる。

「桜餅は食べたことがなかったのか」

「ないよ、こんな甘いもの。初めて食べたよ」

「甘いのは餡《あん》だな。小豆《あずき》を煮て、砂糖を加えて練ったものだ。餅を包んでいるのは桜の葉を塩漬けにしたもので、餅と一緒に食べるのも香りだけ楽しむのもいい。どうだ、いい匂いがするだろう」

「うん。これ、すごく美味《おい》しいよ。少ししょっぱくて、甘くて、まるで夢みたいな味がする。おいらの舌が溶けちゃいそうだ」

鈴のあまりの喜びように、数馬は思わず破顔し、自分の桜餅も差し出して、「これも食え」と促した。鈴は素直に喜んで、二つ目の桜餅もあっという間に平らげてしまう。

夢中で食べた後、熱い茶をふうふうと息を吹きかけながら少しずつ飲んで、鈴はようやく人心地ついたようだった。数馬は、まるで子猫を餌付《えづ》けでもしてやったような気分になっている。

「ああ、美味しかった。お江戸には、こんな美味しいものがあったんだねえ」

「甘いものが好きなら、他にもいくらでもあるぞ。焼きたての饅頭《まんじゅう》、たっぷり餡を塗った団子に、練羊羹《ねりようかん》も美味《うま》いぞ。助惣《すけそう》ふの焼き、雷おこし、牡丹餅《ぼたもち》に金鍔《きんつば》……」

「そんなにたくさん!?」

鈴は目を丸くして、「ずるいや、今までちっとも知らなかったよ」と頬《ほお》を膨らませた。

そのころころとよく変わる表情に、数馬はすっかり見入ってしまっている。鈴は先ほどまでの警戒心も忘れて、数馬に無邪気な笑みを見せる。その無防備さが堪《たま》らなく愛らしく、たちまち、数馬の心はこの世間知らずの少年に捕われてしまったようだ。

「鈴。お前はどうやら世の中のほとんどのことを知らないようだから、おれが色々と教えてやろうか」

気づけば、そんなことを口走っている。

数馬は元々子どもが好きで、兄の幼い子どもたちにも剣の稽古《けいこ》をしたり学問を教えたりと面倒見もよい青年だ。数馬自身、子どもや動物に好かれるたちである。

しかし、鈴に対してはかなり過剰な感情までがこもってしまっている。自分でも、卑しい下心があるのを否めない。

この少年は、不思議に人を魅了する力があった。豊かな表情もそうだが、子どもらしい無邪気さに溢《あふ》れた言動とは裏腹に、妙に女のように艶めいた色がさっとその面に刷《は》かれる瞬間があるのだ。それはあるいは、数馬だけが感じるものなのかもしれないが、どうにも、小さな愛らしいものを可愛がるという心の他に、よからぬ情を抱いてしまうのも事実だった。

だが、鈴は数馬の心など知らぬ様子で、初めて出会った侍に過剰な親切をされても少しも怪しまず、嬉しそうににっこりと微笑んだ。

「あんた、いいお人だね。兄ちゃんは、人がいっぱいいる場所には悪いやつしかいないなんて言っていたけれど、そんなの嘘《うそ》だった」

「ほう。お前の兄さんはそんなことを言っていたのか」

「うん。お前なんかすぐ騙《だま》されて売っぱらわれてしまうから、絶対に行っちゃいけないって。おいら、どんなに怖いところかと思っていたのに、全然違うや。いい匂いがするし、美味しいものはあるし、女の人は綺麗《きれい》な着物を着ているし、皆笑っていて楽しそうじゃないか」

「だが、王子稲荷の周りにもそういうものはあるだろう。音無川《おとなしがわ》やら松橋《まつはし》弁財天やら、あの名所江戸百景にも描かれるような、遊山にはうってつけの場所だ。料理屋や茶屋もあるだろうに」

「うん、そうなんだろうけれど、そっちへ下りて行ったことはないんだ。あんまり近い場所だと兄ちゃんにばれちゃうかもしれないから、こっちまで足を伸ばしてきたのさ」

ますます、鈴の育った環境がわからなくなる。家の周りのことも知らぬとは、もしかすると、とんでもない上流の家の子どもなのかもしれない。その肌の白さに家の中からあまり出ないことは想像できたが、これではまるで屋敷の奥に引きこもる姫御前だ。そうすると、銭のことなど少しもわからないのも理解できる。

だが、鈴は「お山に住んでいる」と言う。高貴な身分の者が山奥に住むなどと、聞いたこともない。古くから山に住む者は、平地を追われた人間か、山伏か、はたまたもののけの類《たぐ》いだと相場は決まっている。やんごとなき若君が山に住んでいるとなれば、それはよほどの理由があることなのだろう。

しかし、若君にしては口調が妙だ。やはり、いくら考えてみても鈴の正体はわからない。

「あ、そういえば、おいらあんたの名前を聞いていなかったよ」

「ああ……、そうだったな。おれは、高尾数馬という」

「高尾？　お山の名前に同じのがあるけれど」

「ふふ、そうだな。系譜を遡《さかのぼ》れば、おれの家には高尾山で修行をしていた修験者があるらしい。あそこには薬王院《やくおういん》という寺院があるだろう。何代目かの山主だったそうだ」

「修験者……お山で修行をする人？」

「ああ、そうだ」

ふいに、鈴は数馬の首筋へ顔を近づけ、クンクンと鼻を蠢《うごめ》かせた。ふわりと漂った少年の甘い香りに、数馬はどきりとして赤くなる。

「ど、どうした。なんだ、いきなり」

「そうか。それで、あんたはなんだか懐かしい匂いがするんだ」

「懐かしい？」

「あ、ううん、なんでもない！」

鈴は照れたように笑って、誤魔化《ごまか》した。

「えっと……高尾、さん、だっけ」

「おれのことは、数馬と呼べばいい」

「数馬か。おいら、本当に感謝しているよ。いつかきっと、お礼をするから」

「たかが桜餅だ。気にせずともいい」

「そんなわけにはいかないよ！　おいら、その銭ってやつを見つけて、ちゃんと数馬に返すから！」

「いや、しかし……お前のような何も知らない子どもでは、銭は稼げぬだろう」

「あ、数馬、おいらを馬鹿にしたな」

鈴は意外に負けん気の強い少年のようで、数馬に侮られたと感じて頬を膨らませている。そういえば、茶屋の主人に突き飛ばされても、この少年は口答えをしていたのだ。何か言いたいことがあれば、それを黙っていられぬ性分らしい。

「おいらだって、これから色々学んで、一人前になってやるんだから。そうしたら、銭なんか腐るほど手に入れて、数馬にたくさん桜餅を買ってやるよ」

「そんなにたくさんか」

数馬は鈴の可愛い虚勢に頬を緩めた。この少年は、先ほど盗みを働いて主人に殴られたことなど、もうすっかり忘れているのだ。

「おれは、貰うなら桜餅よりも酒がいいのだがな」

「酒？　ああ、あの臭いやつか。兄ちゃんも飲んでいるけれど、どうしてあんなものが美味いのか全然わからないよ。桜餅の方がずっと甘くて美味しいのに」

「飲んだことはあるのか？」

「まさか！　あんなもの、臭《にお》いを嗅《か》いだだけで目がクラクラして、頭がズキズキして、いやあな気持ちになっちゃうよ」

「あっはっは。鈴は本当に酒が嫌いなんだな。まあ、そのうちに美味いと思うようになるさ。大人になれば、な」

「ふうん……。おいら、すぐに大人になってやるけれど、酒の美味さなんかわからなくたっていいや。数馬の言っていた、饅頭とか、団子とか、そっちの方がいい」

「それなら、今から食べに行くか」

鈴は目を輝かせて、「えっ、本当に」と言いかけて、そのとき、ふと初めて気がついたように、数馬の姿を見た。

薄鼠《うすねず》色の着流し姿に、家紋を染め抜いた羽織を纏《まと》い、逞しい腰には大小の刀を差している。

それをまじまじと眺めて、鈴ははっと顔色を変えた。

「あ……」

「どうした、鈴」

「数馬は、もしかして、お侍なの」

「そうだが……」

侍であることが、何かまずいのだろうか。明らかに変わった鈴の表情に、数馬は不安を覚えた。

「あ、お、おいら、もう行かなくっちゃ！　それじゃ、またいつか！」

「お、おい、鈴……」

鈴は慌てて立ち上がり、ひとつに縛った長い黒髪を馬の尾のように揺らし、足首の鈴を軽やかに鳴らして、風のように走って行ってしまう。

数馬は呆然《ぼうぜん》として、その後ろ姿を見送るしかなかった。突然の鈴の変化に、数馬はただ呆気にとられて、その手を捕まえることすらできなかったのだ。

（侍に、何か嫌なことでもされたのか）

もしくは兄に、恐ろしいことでも聞かされていたのかもしれない。銭の使い方も知らぬ、江戸の甘いものも食べたことのないあの極端に世間知らずな少年は、まだ何かを怖いと思うような経験などしていないはずだ。

鈴が逃げるように消えてしまった後も、数馬の胸からあの可愛い声や、純真な眼差《まなざ》しや、頼りなげな姿が去らない。

こんなことは初めてで、数馬はただ狼狽えていた。あの春風のような少年は、再び自分の前に現れてくれるのだろうか。先ほどのおかしな態度を見ていると、とてもそんな機会があるとは思われない。

ひどく弟を過保護に育てた兄は、今回のことを知ればもう二度と鈴を家から出すまいとするだろうし、よしんば鈴が脱出に成功したとしても、この数多《あまた》の人で溢れる江戸で再び相見《あいまみ》えるかどうか。

墨堤に爛漫《らんまん》と咲き誇る桜の花がはらはらと散る様を眺めながら、数馬はまるで夢を見ていたように、鈴との出会いを思った。

「鈴……」

名前を呼ぶが、答えてくれる声はもうない。

一度でいいから抱き締めたかった。泣きたいほどの喪失感に、若い侍は一人震えた。

＊＊＊

鈴との出会いから一月が経った。あれから数馬は、人が変わったように剣に打ち込んでいる。

生まれて初めての情動を覚え、その正体もよくわからぬままに相手は去ってしまい、数馬はまるで辻斬りにでもあったかのような驚きと屈辱を持て余していた。いてもたってもいられないようなもどかしさと、何もしたくないような虚無感とを同時に覚え、何かに集中せねば自分を保てないと感じたのだ。

浅草の冴島道場の稽古だけでは飽き足らず、本郷《ほんごう》の高尾家屋敷の庭でも、夜遅くまで素振りをしている弟を見て、兄の藤馬《とうま》は苦笑した。

「随分と、精が出るな。数馬」

「兄上」

さすがに数馬は刀を下ろし、もろ肌を脱いだ肩に浮いた汗を拭《ぬぐ》った。早めの夕餉《ゆうげ》をとり、まだ明るさの残るうちから剣を振るっていたが、気づけば辺りも暗く、天には朧月《おぼろづき》が霞むように輝いている。

「近頃はこうしていないと、どうにも収まらぬのです」

「温厚なお前が、珍しい。常々、刀を振るうのは気が進まぬ様子だったではないか」

「これは己の精神の乱れを正そうとやっていることでございます。何やら、春の浮ついた心地がまとわりつくようで……」

ふふ、と藤馬は笑った。数馬とよく似た顔立ちだが、幾分か円みを帯びてやや女性的に見える造作である。しかし息子と娘をもうけ、貫禄《かんろく》もついてきた分、三つしか離れていない弟とは随分歳の差があるように見えた。

「なるほど。好いた女子《おなご》でもできたかな」

「は……」

「それを聞けば母上も喜ぶ。いくら分家を立ててやるから身を固めろ、所帯を持てと言われても首を縦に振らなかったお前だものな」

「ち、違いまする！　某《それがし》は、ただ……」

兄の慧眼《けいがん》に恐れ入りつつも、相手は女子ではない、と思い至り、数馬の心は再び惑乱する。

（そうだ。たとえ、また鈴と巡り会えたとて、おれに何ができる。鈴は女ではないから、妻にはできぬ。しかし、おれは鈴と出会って一層、他の女を貰う気持ちにはなれなくなってしまった。これはとんだ親不孝ではないのか）

数馬はその優しい気性ゆえに、これぞと決めた女性とでないと結ばれることはできぬと思っている。心に誰《だれ》か他の存在があるままに娶《めと》ってしまっては、その娘が不憫《ふびん》だと思うからだ。

もしも自分が長男であれば、家を存続させるために、親の勧めに少しも逆らわずに早々と祝言を挙げたことだろう。武家に嫡子がなければ、改易の理由となる――世継ぎを作らなければ、お家はとりつぶしとなってしまうからだ。

だが、幸いにして自分は家を継ぐ義務もなく、むしろいずれ近いうちに家を出なければならぬ次男坊。武家に生まれた長男以下は、分家を立てるか、他へ養子へ行くか、または別の道を己で探すか、それもなければ兄の厄介になるしかない立場である。

身を立てる手段はとうにこの腕にあり、自由な身の上である数馬は、それゆえに未《いま》だ独り身を通しているのだ。

これまでは、身内や友に誘われて、そういう場所へ行き女を抱くことはあっても、惚《ほ》れた女性と共寝した経験はない。この歳になっても、女子に対して心のときめきを覚えたことのないのが、数馬の密《ひそ》かな羞恥《しゅうち》でもあった。それが心が成熟していない証《あかし》ではないのかとすら思っていたからだ。

だが、それはある日突然、思わぬ形で訪れることになったのだが――。

複雑な表情で沈黙した数馬をどう思ったか、藤馬は軽く咳払《せきばら》いをした。

「まあ、よい。そんなお前に、ちょうど頼みたいことができたのだ」

「頼みたいこと……で、ございますか」

「ああ。風呂《ふろ》に入ったら、おれの部屋に来てくれ」

兄からの頼みごとは、そう頻繁にあるものではない。しかし、あの顔色からすると、あまり気が進まないことのような予感がする。

だが、兄が自分を頼ってくるからには、どんなことでも力になりたいと数馬は思う。一家を背負って立つ立場である長男と、家を継げぬ次男とでは、扱いに差が出ることから仲の悪い兄弟もままあるが、この二人は幼い頃から睦《むつ》まじかった。そもそも、次男の数馬に出世の欲というものがまるでない。剣の腕は向かうところ敵なしというほどであるというのに、数馬の自己評価はひどく低いものだった。

風呂で汗を流した後、数馬は兄の部屋へ入った。

部屋には酒肴《しゅこう》が調えてあり、向かい合って座ると、まずは一献とお互いに差し合う。

大根を出汁《だし》と醤油《しょうゆ》で煮たものと、平目の刺身がある。刺身に芥子《からし》醤油をつけて食べ、杯を干しながら、数馬は未だに腹の奥にわだかまる鬱屈《うっくつ》とした何かが蠢いているのを感ずる。

（ああ……いつになったらおれは、この苛立《いらだ》ちから解放されるのか）

剣を振り、汗を流し、美味い酒と肴《さかな》を口にしていても、どこか満たされず、気怠《けだる》い感覚が絶えない。ここから解脱する方法をひとつだけ、数馬は知っているが、それは現実にもなりそうにないことである。

あれから暇を見つけては発作のように江戸中を探し歩いているものの、鈴は影も形も見つからぬ。当然、王子稲荷まで足を伸ばしてみたが、鈴のような格好をした子どもも見えず、辺りの茶屋や料理屋に話を聞いても、まるで手がかりが摑めない。お手上げ、という他はない状況であった。

「こうしてお前と酒を飲むのも久しぶりのような気がするな」

藤馬はしみじみと呟《つぶや》いた。

「兄上は近頃お忙しいご様子」

「まあ、そうでもない。だが、今回のことはちと骨が折れそうでな」

「と、言いますと……」

「柳田左門《やなぎださもん》殿のことは知っているな」

おもむろに、藤馬はそう訊《たず》ねる。数馬は頷いた。

数馬の記憶にある左門は、数馬と同じほどの背丈もある大男で、顔つきは巌《いわお》のようにがっしりとして、目は細く鼻筋は太く、唇は豊かで顎《あご》が大きく張り出し、着物の袖から覗《のぞ》く太い腕にもみっしりと毛が密生しているような、野性味溢れる偉丈夫である。歳の頃は三十代後半か。

高尾家の主家、文多家が家臣の一人で、腕が立つことでも有名だが、柳田左門という男には、一種の悪癖があった。

少年を攫《さら》うのである。ただの少年ではない。可愛らしい顔立ちをした子や、色の白い美しい体つきの男の子がいると、左門はこらえられなくなるらしい。小姓を多く抱えているにもかかわらず、左門の欲望には際限がなかった。己を律する術《すべ》を持たぬ男であった。

城中でも、美少年を巡って家臣の一人と諍《いさか》いを起こしかけたことがある。それ以前にも柳田左門の若衆狂いは有名だったが、一時蟄居《ちっきょ》を命ぜられたのを機に、少しは治まったものと思われていたのだが――。

「左門殿が、近頃とみにおかしいらしい。面相も変わりやつれ果てて、病と称して赤坂《あかさか》の屋敷に引きこもることが多くなったそうだ」

「それが、病ではないと？」

「探りを入れてみると、どうやら左門殿は屋敷の奥座敷に籠《こも》って一日のほとんどを過ごしているそうだ。医者を呼んだ様子もなく、どうも病ではないようだが――また衆道の悪い癖が出たのではないかと、な」

左門はひとたび夢中になると、寝食を忘れてその対象を食い荒らし、満足するまで捕えて離さぬとの話がある。その間の働きぶりは、目も当てられぬものがあるらしい。

「それが今回はちと、長過ぎるようでな。いかに寛大な殿といえど、黙ってはおれなくなったらしい」

「他にもおかしな行状が？」

「密偵の報告によると、立て続けに家中の者を斬り捨てているようだ。何やら、気が触れたとしか思えぬようなふるまいが多くなったとか」

「家中の者を？　それはまた、何故《なにゆえ》」

「左門殿が引きこもっている奥座敷には人の立ち入りを禁じているらしい。そこへ近寄れば誰彼構わず斬ってしまうとのことだ。出入りの商人なども斬られていて、すでに町人たちの間でも乱心の噂《うわさ》が広がり始めている」

「なんと……一大事ですな。町人まで斬ってしまっては……」

「家臣の恥は殿の恥だ。捨て置けぬ。だが、強引に踏み込むとなると、相手は腕の立つ左門殿だからな。こちらも相応の準備をせねば」

ようやく、数馬は合点した。数馬の剣の腕を見込んで、共に柳田家へ乗り込んで欲しいということか。

柳田左門は、数馬とは流派が違うが、その腕は相当のものだと聞く。かつて文多家の城中に忍び入り何人もの家臣を斬り殺した数人の曲者《くせもの》らを、たった一人で鮮やかに片付けてしまったという話も聞いている。

その音に聞こえた剛の者と斬り合うことになるやもしれぬと思うと、数馬の奥深くに隠されたけものの血が、ふっと妖《あや》しく掻き立てられ、密かに血が沸き立つのを感じた。

「一緒に、行ってくれるか。数馬」

「無論にございます」

数馬は杯を置き、襟を正して兄に向き直る。

「この剣は、兄上をお助けするためにあるようなもの。然《しか》るべきときに使っていただかなくては、錆《さ》びついてしまいます」

「そうか、そうか。それは頼もしいな」

藤馬は破顔して、数馬の杯へ徳利を傾けた。

かくして、数馬は兄、藤馬と共に柳田家へ赴くこととなった。今の鬱屈した状態の数馬には、ちょうどよい仕事だと言える。しかしその相手が衆道狂いの男だというのだから、数馬も胸中は複雑である。

(衆道とは、人をおかしくさせてしまうものなのだろうか。だとすれば、おれも左門殿のことは言えぬ。おれはすっかり、あの一度会ったきりの少年に、魂を奪われてしまっているのだから……)

これまで男色というものは数馬にとって理解の及ばぬ縁遠いものであった。情はなくとも、女相手にならば体も奮い立つ。しかし、いくら見てくれが女のように美しかろうが、こちらがどれだけ酒に酔っていようが、同性には間違っても催さぬ数馬である。

江戸では若衆歌舞伎が隆盛を極め、陰間茶屋も繁盛している。女色よりも男色が高尚なものとされがちな風潮すらある昨今だが、数馬にはどうもよくわからなかった。

道場の門人にも念兄、念弟を持つ者はあるが、それに感化されたこともない。そんな数馬が鈴という少年に惹《ひ》かれたことは、まったくの例外と言ってよかった。

（だが、鈴のことは、もう忘れる他はない）

近頃では、そう心に決めている数馬である。鈴の面影の去る頃には、きっと新たな出会いもあるだろう。今は恋慕を失い、日夜虚《むな》しさを抱いている青年は、そうして己の心を懸命に前向きに保とうとしていた。

＊＊＊

赤坂にある柳田家の屋敷は、水を打ったように静まり返っている。

何かひとつでも余計なことをすれば、主人に斬られてしまうという緊張と恐怖とが、屋敷のそこかしこにこびりついているのだ。

「左門殿にお目通りを願いたい」

と、藤馬を筆頭とした、数馬を含む腕に覚えのある高尾家の家臣らが門をくぐると、取次ぎ役の者は平身低頭して、屋敷の中を案内した。

（血の臭いがする）

すぐに、数馬はその臭気を嗅ぎ取った。おそらく、昨日か今日か、また誰かが斬られたのだろう。

そして、この禍々《まがまが》しい瘴気《しょうき》のような、身を切るほどの緊迫感。これは一筋縄では行かぬ、と剣客の勘が告げている。

数馬は無意識のうちに、左腕にはめた数珠を撫《な》でている。高尾家が代々信奉している飯《い》縄《づな》権現を表した梵字《ぼんじ》の刻まれた、数馬が肌身離さず身につけている力石だ。

(飯縄権現よ……おれに、武運を)

ふと、前を行く藤馬が足を止めた。怪訝《けげん》に思ってその視線の先を見れば、数馬の皮膚がざわりと総毛立つ。

「何用だ……おぬしら」

幽鬼のような顔をした男が、ゆらりと一同の前に現れた。家の者が「さ、左門さま」と震えた声で呟いたことで、目の前の男があの柳田左門であると知れたのである。

(なんという……変わりようだ)

それは、かつての左門を知る皆が思ったことであったろう。

あれほど筋骨隆々として逞しく大きかった左門が、まるで骸骨《がいこつ》のように痩《や》せ衰えて、髭《ひげ》は伸ばしっ放しで目は落ち窪《くぼ》み、土気色の頬は痩《こ》け、枯れ枝のような手足をして、それにもかかわらず、その体から立ち上る殺気は尋常ならざるものがあった。

「その方ら、そのように大勢で、よくもわしの屋敷に踏み込んできたな……」

「さ、左門殿……そなた、一体」

「あれは、渡さぬぞ……」

（――あれ、だと？）

何か意味のわからぬことをもぐもぐと口走りながら、左門は腰の刀に手をかける。

「兄上！」

数馬は、咄嗟《とっさ》に藤馬を背に庇《かば》い、自らも刀の柄《つか》を握った。

「あれは、わしのものだ……誰にも渡さぬ！　奪われてなるものかあっ！」

左門は恐ろしい声で雄叫《おたけ》びを上げ、目にも留まらぬ速さで抜刀した。

「ぬう！」

数馬は渾身《こんしん》の力でその刀を払った。刀身に感じるずしりとした重みに、こんなにも窶《やつ》れているにもかかわらず、なんという力だと戦慄《せんりつ》する。

「奪いに来たなあっ、させるか、させるものかあっ！」

もはや、左門の目には、誰が誰だか、区別がついていない模様であった。後ろに控えていた者たちも剣を抜き払い、素早く狂気の左門を取り囲む。

熱気にぬめる左門の眼がギョロリと周囲の侍たちへ逸《そ》れた瞬間、数馬は全身の筋肉を躍動させ、一瞬のうちに大きく踏み込んだ。

「えい！」

一刀のもとに、斬り伏せた。袈裟懸《けさが》けに肩から腰までを裂かれ、凄《すさ》まじい血潮が噴き出し、辺りを汚す。

「ぬ、うう……」

それでも、左門は倒れぬ。よろり、と足を踏み出し、腕を大上段に構えようとするのへ、他の家臣たちの刀が次々に振り下ろされる。

左門の口から血がふきこぼれ、すでにその顔には死相が現れていた。だが、恐ろしいことに、それでも左門は息をしているのである。とうに死んでいるはずの傷を負いながら、左門はよろめき、血まみれの体で呻《うめ》く。

「おのれ……あれは、あれは、わしのぉ……」

「さ、左門殿……」

得体の知れぬ気迫に押され、皆刀を構え後ずさる。

（この者、もはや人ではないのでは）

と、数馬が訝《いぶか》るほど、左門の生命力は異常であった。

だが、ぷつりと糸の切れるように、終わりは訪れた。左門は白目を剝《む》き、どうと倒れる。ようやく事切れた様子の左門を囲みながら、皆蒼白《あおじろ》い顔で立ち尽くしている。確かに息絶えた様子だが、突如 蘇《よみがえ》るのではないかと思うほどの不気味さが、この奇怪な死体には滲《にじ》んでいた。

（執念か……一体、何を渡すまいとしていたのか……）

この男を化け物じみたしぶとさで生かしていたものの正体は、一体何なのか。それともやはり、気が触れていただけで、奥座敷にある何かはただの犠牲者であるのか。

もはや左門がぴくりともしないのを見て取り、数馬はようやく汚れた刀身を拭って、鞘《さや》に納めた。ふう、と深く息を吐く。

それにしても、鬼気迫るような、尋常の気配ではなかった。皆しばしその場を動けず、血なまぐさい廊下に凍りついている。

「あ、あぁ……左門さま……」

家の者がたたらを踏みながら、血の海に横たわる左門へ縋《すが》りつく。

「一体……左門殿は、どうしたというのだ……」

藤馬は、悪夢を見ているような面持ちで呟く。数馬も、斬られても斬られても死なぬ左門に、この世のものではない何かを見たような、おぞましい寒気に捕われている。

「ご様子がおかしくなられ始めたのは、もう一月も前にござりまする……」

左門の家臣はすすり泣きながら訴える。

「何者かを、奥座敷へ連れ込んで……しかし、その者を誰にも見せようとはせず……確かめようとも、近寄らば斬られてしまうので、我々は、ただ見守ることしかできなかったのでござります……」

そのとき、数馬ははっとした。

（一月前――いや、しかし。そんな、まさか）

しかし、その可能性は皆無ではない。左門は無類の少年好きだった。あの美しい子どもと出会ってしまえば、それを攫いたくなってしまったとしても不思議はないのだ。

そう思い立つと、いてもたってもいられなくなる。数馬は家臣の肩に手をかけ、

「そこへ案内してくれぬか。その奥座敷へ」

と頼んだ。すでに主人は死んでいるにもかかわらず、家臣は怯《おび》えた様子になって、それでも小さく頷いた。

「数馬。しかし……」

「兄上たちは、ここで。ひとまず、某が様子を見て参ります」

今しがた見た左門の異様な有様に、藤馬も怖《お》じ気《け》づいている。左門をこのような状態に

した何かが、その座敷にはいるのだ。だが、数馬はどうしても確かめてみなければ気が済まなかった。

「こ、こちらでございます……」

その場所は離れにあった。家の者は細い廊下を渡って奥座敷へ数馬を導くと、その襖《ふすま》に近寄るのも恐ろしいという顔をして、すぐに母屋の方へ引き返していってしまう。

数馬は覚悟を決めて、襖を開け放った。むっと何かの甘い匂いが、蒸れこもった室内から溢れ出、数馬の鼻孔をねっとりと濡《ぬ》らす。座敷の中は薄暗く、蠟燭《ろうそく》の仄《ほの》赤い灯《あか》りだけが心細げに揺らめいている。

ちりん、と心細そうな、鈴の音が鳴った。

「だ、誰……」

息を呑《の》んだ。

座敷の中央に延べられた布団の上に、縛られた白い何かが横たわっている。

だがしかし、数馬にはそれが誰だか、すぐにわかった。その怯えた声を、忘れるはずもなかった。

「鈴……やはり、鈴なのか」

「あ……、か、数馬……？」

逆光になり顔が見えず、声を聞くまでわからなかったのだろう。鈴は震える声で数馬を呼び、絹布団の上で身を捩《よじ》った。薄闇に猫のように光る目に涙が浮かんでいる。

辛うじて襦袢《じゅばん》を纏ってはいるが、下帯もつけておらず、白磁の肌も露《あら》わななまめかしい姿に、数馬は息を呑んで赤面し、思わず目を逸らした。

「た、助けに……助けに来てくれたんだね。お、おいら、もう、このまま一生閉じ込められちゃうんじゃないかって……」

鈴の可憐な声が、明らかな喜びに濡れている。

「数馬が助けに来てくれたらいいのにって、ずっと思っていたんだ。そしたら、本当になった……」

「す、鈴……っ」

愛《いと》おしさに胸が詰まり、数馬は息を乱して鈴の傍らへ膝《ひざ》をつく。腕を縛っていた縄を切ってやり、側に投げられていた羽織を肩にかけ、その痛々しい痕《あと》の残る体をひしと抱き締めた。

そのとき、数馬は鈴の姿に奇妙な異変を認め、目を瞠《みは》った。

「す、鈴……お前、その姿は、一体どうしたのだ」

「え……？」

以前にはなかったはずの、まるでけもののような耳が鈴の頭から生えている。そして、尻《しり》にはふさふさとした真っ白な尻尾《しっぽ》が揺れているのだ。作り物か、と目を凝らしたが、それはどう見ても自然に生えているもののように微細な動きを繰り返している。

数馬に指摘され、ようやくそのことを思い出したように、鈴は顔を歪《ゆが》めた。

「あ、あの、これはね……。お、おいら、ほんとは……」

そのとき、母屋の方から数人の近づいてくる足音が聞こえる。数馬ははっと我に返り、このままではまずいと瞬時に考えた。手早く鈴を抱きかかえて障子を開きながら、

「鈴。ここを出て、そこの裏の林へ行け」

と指示した。

「後から助けに行く。しばらくそこで身を潜めていろ。お前は小柄だし、深い木立に隠れていれば大丈夫だ」

「わ……わかった」

鈴はわけもわからぬままに、数馬の言う通りに動いた。ずっと縛られていたためかまだ思うように動かない体でふらりと木立の中に飛び込むのを認めて、数馬は静かに障子を閉じる。

その直後に、背後から藤馬らが座敷に入ってきた。

「む、なんだ、この匂いは」

噎《む》せ返るような甘い香りに顔を顰《しか》めながら、藤馬は座敷の中を見回す。家臣らも、押し入れの襖を開けたり天井から畳まで隈無《くまな》く観察し、不審なものがないかを見極めている。

「大事ないか、数馬」

数馬は頷き、ひと呼吸置いて、口を開いた。

「何も……おりませんでした、兄上」

「何も、いなかった、だと？」

「左門殿は、もののけにでも、憑《つ》かれていたのではないでしょうか……我々には見えぬ、何かに」

ふうむ、と藤馬は低く呻いた。

鈴を縛《いまし》めていた縄は、数馬の懐にある。鈴のいたことを示す痕跡《こんせき》は、何も残されていないはずだ。

あの左門の異様な姿を見た者は、もののけのしわざと見ても、まず納得するだろう。それほどに左門は常軌を逸しており、また、左門の閉じ込めていた何かも、誰も見たことがない、という状況も、鈴の存在を隠すには都合がよかった。

「と、とにかく、これを殿に報告せねば——なんとも、面妖《めんよう》なことだ」

「兄上。某の着物は左門殿の血で汚れてしまいました。このまま一度戻りまするが、よろしいか……」

「ああ、もちろんだ。殿のお召しがあれば、後日お前を呼ぶことになる」

夥《おびただ》しい返り血を浴びた数馬を眺めつつ、藤馬は感じ入ったように弟の肩を掴んだ。

「数馬、本当にご苦労であった。お前の助けがなければ、おれは左門殿に斬られていたやもしれぬ……」

「某は、自分の務めを果たしただけにござります」

数馬は目を伏せ、静かに頭を下げた。

ちりん、と遠くに鈴の音が聞こえた気がして、その悲しげな音に、数馬は歯を食いしばった。

狐

数馬は一度皆とともに柳田家を辞し、夜も更けてから、再び密かに忍び入って、鈴を助け出した。

そして、道場にほど近い、古びた小寺の裏手にある小さな家を借り受け、そこへ秘密裏に匿《かくま》った。周りには民家も少なく、裏手は竹林で、辺りには田畑の広がるのどかな場所である。

家には小さいながらも風呂があり、数馬は井戸から水を汲《く》み、鈴のために熱い風呂を立ててやった。元は家族が住んでいたものらしく、台所には二口のへっついがあり、行灯《あんどん》や衝立《ついたて》、七輪や水瓶《みずがめ》、長火鉢、簞笥《たんす》など、暮らしていくのには十分な家具も揃《そろ》っている。二人で暮らすには過分過ぎるほどの上等な家だ。

体を洗い清めこざっぱりとした鈴に新しい着物を与えてやり、腹は減ったかと聞くと頷くので、豆腐と長ねぎの味噌汁《みそしる》と、熱い飯に沢庵と梅干しを添え、桜鯛《さくらだい》を醤油と酒で煮つけて出してやった。数馬は道場で内弟子として炊事や洗濯などの経験があるため、あらかたの家事はこなすことができる。

「数馬はすごい。なんでもできる」

と、鈴は目を丸くして台所に立つ数馬を眺めている。

鈴は出されたものを残らず平らげ、飯を三杯もおかわりした。一月も閉じ込められていたにもかかわらず、どうやらさほど衰弱してはいないようだとホッとしたものの、未だその手首に残るうっ血の痕が数馬の血をざわめかせる。

(それにしても、気になるのは……)

数馬の視線は、どうしても鈴の頭に生えたけものの耳や、尻の尻尾にいってしまう。

あれから、それらは消えることもなく相変わらず鈴の体にあり、飯を食っているときなど、嬉しそうに耳はぴょこぴょこと動き、尻尾はぱたぱたと畳を叩《たた》いているのだ。どうにも、数馬はそれが気になって仕方なく、いちいち目をやってしまう。

「ああ、美味しかった！」

熱い茶を飲んで一息ついた鈴は、満足げに深く息を吐いた。

「すごい食欲だったな。満足したか」

「腹いっぱいになったよ！　数馬の作ってくれる飯は本当に美味い！」

「それはよかった」

と、破顔しながら、数馬はどうしても鈴のこの一月のことが気になり、聞かずにはおれない。

「あそこに閉じ込められていたときは、飯はどうしていたんだ」

「うん……」

さすがに、鈴は言いにくそうに唇を噛む。

「最初は、色々食べさせてくれていたんだけれど……最後の方は、なんにも」

「何も？　しかし、何も食べなければ死んでしまうではないか」

「ん……、でもね」

鈴は、上目遣いに数馬を見た。白目は澄んで透き通り、大きな黒目を美しく際立たせて見せる。

「おいらは、人間じゃないから……本当は、なんにも食べなくたって、平気」

数馬は息を呑む。

（人間では、ない？）

それは、鈴のその耳や尻尾を見れば一目瞭然《いちもくりょうぜん》なのかもしれない。だが、未だに数馬にはそれが実感として湧《わ》いてこないのだ。

「鈴……それじゃ、お前は一体」

「おいら……狐だよ」

「狐？」

数馬は耳を疑った。

「だが、お前は人の形をしているじゃないか。出会ったときには、その耳も尻尾もなかったはず……」

「うん。おいら、まだ生じて間もないんだ。人間の形になれるようになったのも、つい最近。だから、色んなところへ行って色んなものを見てみたくって、兄ちゃんが眠ったときに抜け出してきちまったんだけど……」

「眠った……？　だが、起きればお前がいないことにすぐ気づくだろう」

「すぐには起きないの」

鈴は細い首を振る。

「兄ちゃん、そろそろまた尾が増えるんだ。兄ちゃんは三百年くらい生きていて、今尾が二つなんだけど、もうすぐ三つになる。それってすごいことなんだって言ってた。それで、尾が増える前に深い眠りにつくんだ。三月くらいは、起きないと思う」

数馬は言葉もない。

鈴は数馬の驚きには気づかず、あまりにも常識離れした話を恬然《てんぜん》として続けている。

「おいら、その間に人に変じるくらいの力はついたから、お山から出ちゃいけないって言われていたけれど、どうしても遊びたくって……。でも、あいつに捕まって、閉じ込められて、色々されてたら怖くなって、変になって、戻り方も直し方もわかんなくなっちゃって……」

鈴は不満げに頭の耳を撫でる。

（狐が、変じたものか。確か、妖狐《ようこ》といったか）

どうやら、鈴は生まれて間もない妖狐のようだ。それで自分の年齢がわからなかったのだろう。

しかし数馬の知識では、妖狐は長く生きた狐が変じたものであり、大変な物識りで人間を手玉に取ることなど容易《たやす》いというものだった。平安の世、鳥羽《とば》上皇に寵愛《ちょうあい》された玉藻《たまもの》前《まえ》が有名だ。だが、鈴はそんな妖狐の印象とはかけ離れている。なぜこんなにものを知らず、ひどく幼いのだろうか。

「お前は、元は普通の狐だったんだな」

「うん……」

鈴は頷き、少し考える。

「でも、すぐに死んじゃったから、そのときのこと、あんまり覚えていないんだ」

「死んだ……？　子狐のときにか？」

「そう。人間のかけた罠《わな》にはまって、雪で凍えて死んじゃった。それを、兄ちゃんが拾ってくれて、おいらを生き返らせてくれたの」

「そんなことができるのか」

「そうだよ。兄ちゃんはすごいんだ」

数馬の驚きに、鈴は誇らしげに胸を反らす。

「おいらも白い毛並みなんだけど、兄ちゃんは本当に綺麗で真っ白な毛で、キラキラしてるんだよ。尾も立派で、すごく大きいんだ。おいら、兄ちゃんの尾っぽにくるまって寝るのが好きなんだ」

どうやら、力のついた妖狐というものは、自分の同族を作ることができるようだ。それで、狐としてもほとんど成長できなかった鈴は、こんなにも幼いのだろう。

しかし、いくら説明をされても、実際に目の前で耳と尻尾を見ても、なかなか数馬には鈴が妖狐だのもののけだのといった類いのものとは見られない。ただの無邪気で無知な、愛らしい少年ではないか。それゆえに、左門に目をつけられ、捕らえられてしまったのだ。

「それにしても……いくらお前に執着していたとはいえ、お前を閉じ込めていたあの男は、その耳や尻尾を見ても、何も驚かなかったのか」

「それ、あいつは最初から知ってた。おいらが狐だってわかって、攫ったみたい」

左門のことに話が戻ると、鈴の顔は曇る。

「おいら、兄ちゃんは嘘をついてたって思ったけど、あいつのことは本当だった。数馬は優しいけど、あいつは嫌なやつだ。お侍に近づいちゃいけないっていうのは、あいつみたいなやつのことだったんだ」

「お前の兄さんも、侍にひどい目にあわされたのか」

「多分、そう。ずっと昔、まだ力も弱いときに、おいらみたいにお侍に捕まって、閉じ込められたことがあるんだって」

その話を聞いていたから、数馬が侍と知って、鈴は慌てて逃げたのだ。鈴の去った理由がわかり、数馬は内心、安堵《あんど》した。嫌われたかと思ったのだ。あのとき鈴を逃がさずにいれば、左門などに見つからずに済んだのにと、今更悔やむような心持ちがある。

「しかし、兄さんはなぜ侍に捕まったのかな。悪いことでもしたんじゃないのか」

「ううん、違うよ。おかしなやつだったみたい。おいらを捕まえたあいつも、おかしなやつだったんだもの。お侍にはおかしいのが多いんだ」

「それは……ひどい言われ様だな」

「だってそうだろ？　数馬だけ違うんだ。他のお侍は、きっとおいらたちを見つけたら捕まえて閉じ込めるのが好きなんだ。皆変なやつなんだ」

数馬は苦笑した。そう言われてしまうと、同じ身分の数馬には何も言えなくなってしまう。

実際に鈴の兄も、鈴のことも捕らえたのは侍なのだ。侍すべてがそうではない、と主張したかったが、昨日までずっと閉じ込められていた鈴にそんなことを言っても、理解してもらえるはずがなかった。

「しかし……そうか。狐は、何も食べずとも生きていけるのだな」

「うん。普通の食べ物は食べられるし、味もわかるよ。だからおいら、食べるのが好き。あいつも、最初は美味しいもの食べさせてくれていたのに、すぐにおいらをあそこに閉じ込めて、自分もそこから出なくなって……」

「まさか、お前を閉じ込めていた男も、飲まず食わずだったというのか」

こくり、と鈴は頷いた。それで、左門はあんなにも痩せこけていたのか。鈴に狂うあまりに、食べることも忘れてしまうとは、どれほど深い執着だったのかがわかる。そして、そんな仕打ちを受けながらも、こうして無邪気に正気を保っている鈴は、やはり人とは違うということなのか。

「どうしてそんなことになった。あの男は狂ってしまったのか」

「多分……おいらのせい」

鈴の顔が、苦しげに歪む。

「兄ちゃんに、聞かされてはいたんだ。おいらたちみたいなのは、人間の精気が何よりのごちそうで、弱った状態になると、力をつけようとして無意識のうちに吸っちゃうんだって」

「精気を、吸う……？」

「人間だけじゃなくて、この世にあるものには皆精気があって、皆それで生きてるんだ。それがなくなると、弱って死んじゃう。精気は弱い魂を守る鎧《よろい》みたいなものなんだ。それを知ってて吸い尽くす悪い狐もいるけど、おいらたちみたいなのは普通お山で暮らして、お山から精気を貰って生きてるんだ。人間のがいちばん美味しいっていうのは、聞いていたけれど……」

「それじゃ、お前はあの男の精気を」

鈴はびくりと震えて、怯えた目で数馬を見上げた。

「だってあいつ、おいらにいっぱいひどいことするんだもの。嫌なことをするんだもの。おいら逃げたかったのに、あいつはおいらを縛り上げて、体中舐《な》めるんだ。おいらのお尻に魔羅《まら》を突っ込んで、おなかをいっぱい掻き回されて、おいら、本当に嫌なのに、おいらの言うことなんにも聞いてくれなかった」

鈴の幼い言葉で監禁の実態を聞かされて、数馬はカッと頬に血の気を上らせた。

（あの男め……こんないたいけな子どもに、なんということを）

数馬自らの手で斬って殺してやったものの、もう一度斬り捨てたいほどだ。だが、燃えるような怒りの他に後ろめたさがあることも否めない。

数馬も、鈴に惚れていたのだ。心の底では、左門がしたのと同じようなことをしたいと思っていたはず――そのことを考えると、数馬は己の浅ましさに震えた。

自分とあの男は違う。いくらそう思おうとしても、左門が鈴の操を奪ったことがどうしても許せないのは、自分が先に鈴を抱きたかったからだ、と気づいてしまうのだ。

所詮《しょせん》は、同じ穴の狢《むじな》。そのことがひどく屈辱で、情けなかった。

「おいらが泣くと、あいつは喜ぶんだ。一生離してやらないって。おいらの口を嫌ってほど吸って、おいらの魔羅やお尻をたくさんいじめて……」

「す、鈴……もう、いい」

そんな気持ちにはなりたくないというのに、鈴の可愛らしい口からみだらな言葉が漏れると、数馬はどうにかなってしまいそうになる。

しかし、鈴はそんな数馬の状態には気づかない。

「おいら、怖くって、悲しくって、泣き続けて、暴れるのも諦《あきら》めるくらい、疲れ切って。そしたら、あいつはみるみるうちに瘦せていって……」

「鈴……」

無垢《むく》だった鈴は左門になぶり尽くされ、左門は弱った鈴に精気を吸われてああなってしまった、ということか。

(しかし……、あの男の様は、まるでもののけに取り憑かれたようなものすごさだった……)

鈴はまだ人間に変化《へんげ》する方法も覚えたての幼い妖狐だ。取り憑く、などということは、おそらく自分の意志ではできぬことだろう。だが、精気を吸われただけで、人間はあのようになってしまうのだろうか。その逆ではないのか。姿は瘦せ衰えていたが、その生命力の異常な強さには戦慄させられた数馬である。それとも、あれは元々あの男が持っていた狂気だったのか。

「その……あの男がお前に夢中になってしまったのも、お前が狐だから、なのか」

「どういうこと?」

「最初にあいつがお前を攫った理由はわかっている。あの男はお前のような少年が好きなんだ。以前にも、何人も少年を攫っている。お前は自分が狐とわかって攫ったと言ったが、元々そういうことをする男だったんだ」

普通の人間には、まず鈴を妖狐と見抜けるわけがない。鈴の勘違いだろう、と数馬は考えていた。

「だが、最後は、到底普通の状態ではなかった。痩せて、別人のようになっていたが……お前への執着は、まるで取り憑かれているようだった」

「わかんない、そんなの……。でも……」

鈴は考え込んでいる。頭の耳が周りの気配を探るようにぴくぴくと動き、ピタリと止まる。

「兄ちゃんが言ってた。花は虫をおびき寄せるために、いい匂いをさせるんだって。だから、おいらたちも、人間の精気が好物だから、きっと人間をおびき寄せる匂いをさせているのかもしれない」

どきり、と数馬の胸が鳴った。

鈴のずっと閉じ込められていた座敷に蒸れこもっていた、あの甘い香り。ふいに鈴が身を寄せたときに仄かに香った、あの芳香。

あれは、鈴が妖狐だったからなのか。もしかすると、自分が、こうして鈴に魅せられているのも、妖狐の力のためだというのか。

（そんな……そんなはずはない）

自分の純粋な想いを汚されたように思って、数馬は口を引き結び、押し黙った。

ようやく覚えた一途《いちず》なこの恋心が、妖狐の力のためであったとは、どうしても思いたくなかったのだ。

第一、誰も彼もが妖狐に惹かれるわけではない。現に、あの茶屋の主人とて、鈴を普通の泥棒のように扱っていたではないか。左門は若衆好きという性癖があったために鈴を見初めただけだ。ああまで執着し、虜《とりこ》になってしまったのは、鈴が弱り、精気を欲したために発した香りのせいだったに違いないが――。

（鈴の顔を見た途端に覚えた、あの胸の高鳴り……あれは、あやかしの影響などではないはずだ……）

「数馬？」

黙り込んだ数馬を、鈴は心配そうに覗き込む。

「数馬、どうした。腹でも痛いのか」

「いや、違う……。すまない」

「どうして謝るんだよ。数馬は、おいらを助けてくれたのに」

鈴は湯のみを置き、けもの同士がそうするように、数馬へ身をすり寄せた。数馬は思わず、ごくりと喉を鳴らす。

「また、数馬にお礼をしなきゃいけないことが増えちゃった」

「礼など、いいと言っている……」

「そういうわけにはいかないよ。今度も、おいらのことを助けてくれたんだから」

鈴は無防備に数馬の胸へ頬を押しつけ、か細い腕で逞しい腰に抱きつく。

数馬は息が乱れそうになるのを必死でこらえた。未だに、あの奥座敷で縛られ閉じ込められていた鈴の哀れな姿が脳裏にある。哀れで、そして同時に、ひどくなまめかしかった、あの肢体が——。

「……ねえ、数馬」

沈黙している数馬に、鈴は無垢な眼差しを向ける。

「数馬も、ああいうのが好きなの」

「え?」

「あいつ、言ってた。男は、皆おいらみたいなのを抱くのが好きだって。すごく気持ちいいんだって」

数馬は、声が出ない。石像のように固まり、身動きすらできなくなる。

「おいら、今銭なんか持ってないし。おいらにできるの、数馬が喜んでくれることだけ」

鈴の指が数馬の股間《こかん》へ伸びる。すぐさま、数馬はその細腕をがっちりと摑んで押しとどめる。

「や、やめろ……鈴」

「嫌？」

「嫌じゃ、ない……嫌ではないが、だめなんだ」

「どうしてさ。いいなら、いいじゃないか」

鈴は、むきになっている。まだ自由な方の手を、数馬の着物の襟元に差し入れようとして、数馬はこれも慌てて捕まえた。

「やめろ！　そんな汚いことを、お前がするな！」

思わず、口走った言葉だった。

だが、大きな目を見開いた鈴の表情に、一瞬、頭の中が真っ白になる。

「――汚い？」

数馬ははっとした。鈴の隙間《すきま》の見えぬほどに生えた黒い睫毛《まつげ》の先に、涙の雫《しずく》がきらきらと光っている。

「おいら……汚いの？」

「ち、違う。違うんだ、鈴……」

傷ついたような顔をした鈴が愛おしくて堪らず、数馬は太い腕でがっきとそのしなやかな体を抱き締める。

「すまなかった。すまない、すまない。お前は、汚くなんかない。綺麗だよ」

「だって……さっき」

「違う。あれは、違うんだ」

(汚いのは――おれの、心だ)

鈴は哀れなほどに無知で、まるで遊女のように、覚えた手管を使おうとしている。ただ、数馬のために何かをしたいという純粋な心で、みだらな行為と知らずに、自らの肉体を開こうとしているのだ。

出会ったときには、銭の存在も知らなかった鈴が、歪んだ男の欲望を受けて、それを間違えて学んでしまった。それを汚いなどと思うのは、数馬が体を売る者たちの存在を知っているからだ。何も知らぬ鈴が汚いのではない。世の中を知っていて、そして無垢な鈴に劣情を抱いてしまう数馬の方が汚いのだ。

「お前が……嫌だと思うことを、する必要はない」

数馬は、鈴を抱き締めながら囁《ささや》いた。

「あの男にされて、嫌だったと言っていたじゃないか」

「数馬なら嫌じゃないよ」

いとも容易く、鈴は誘惑する。

いや、鈴に誘惑しているつもりなどないのだ。ただ、正直に自分の心を告げているだけ。

それが男を煽《あお》ってしまうことを、鈴は知らないだけなのだ。

「数馬は、最初から優しかったし、今日だっておいらのことを助けてくれたじゃないか。

だから、数馬が喜んでくれるなら、おいらだって嬉しいんだ」

「だ、だが、鈴……」

「おいらだって、数馬のために何かしたいよ。ずっとされてばっかりで、何もできないん
じゃ、おいら、そっちの方が嫌だよ」

「鈴、聞きなさい」

数馬は今までの人生でかつてなかったほどに死に物狂いで己の理性を総動員し、欲情を
こらえた。

「お前は知らなかっただろうが、本当は、お前があの男にされたことというのは、好き
合った者同士だけがすることなんだ」

「好き、合う……？」

「そうだ」

鈴は首を傾げる。

「数馬は、おいらが好きじゃないの?」

「そ、そんなことはない!」

「おいらは数馬が好きだよ。数馬もおいらのことが好きなら、好き合っているということじゃないの?」

「だ、だが……お前は、兄さんのことも好きだろう?」

「うん、好きだよ」

「おれのことも、兄さんと同じように好きなんだろう?」

「違うよ。だって、兄ちゃんと数馬は同じじゃないじゃないか」

確かにその通りなのだが、しかしこれ以上、鈴になんと説明したらよいものか、わからない。親愛の情と、家族の情。その違いは、おそらく鈴にもまだわからぬものだろう。

「と、とにかく……お前はまだ幼いのだ。おれは、お前がもっと心身ともに育ってからでないと……」

「数馬はまたそうやっておいらを子ども扱いするんだな!」

「ち、違う。だから……おれは、お前が大切なんだ!」

とにかく、鈴に理屈は通用しない。数馬はこの心をわかってもらおうと、情に訴える。

「大切？」

「そうだ。おれも、お前が好きだ。大事にしたいんだ。だから、今はお前を抱かない」

「……大切なものは、抱かないの？」

「今はな。……お前が、もっとおれのことを……」

——お前が、本当におれを好きになってくれたら。

そんな言葉が出かけて、止まる。何を軟弱なことを、と自分を嗤《わら》う気持ちがある。据え膳《ぜん》食わぬは男の恥——だが、それは相手が成熟した女の場合だ。

とにかく、数馬は欲望のままに何もわかっていない鈴を抱くことをよしとしなかった。鈴への想いは、欲望だけではないのだと、自分自身にも証明したかったのだ。

数馬はきつく抱き締めていた鈴をようやく解放して、その小さな頭を撫でてやる。

「とにかく、疲れたろう……今は体を休めることが先決だ」

「おいら……大丈夫だよ」

「なら、なぜその耳や尻尾は消えないんだ」

指摘すると、鈴はばつの悪い顔をして、拗《す》ねたように唇を尖《とが》らせる。

まだ完全な人間の姿に戻れないということは、鈴の精神や肉体が混乱していることの表れだ。

「まずは体を戻すことだ。無理をするんじゃない」

「じっとしていれば、治るのかな……」

「おれにはわからん。一度、山に戻った方がよいのではないか？」

「嫌だ！」

鈴は即座に拒絶する。

「兄ちゃんが眠っている間は、おいらこっちにいたいんだ！　あの嫌なお侍からせっかく数馬が助け出してくれたんだから、おいらは数馬と一緒にいるの！」

「ふむ……まあ、無理にとは言わないが……」

鈴にそう言われてしまえば、嬉しさをこらえ切れない数馬である。鈴の中で、自分はすでに特別な存在となっている。そのことが数馬を有頂天にさせた。

一時期はもう二度と会えないとすら覚悟したほどなのだ。鈴を山へ帰したくないと思っているのは、数馬の方であった。

「よし。それじゃあ、お前が元通りになったら、おれが江戸を案内してやろう」

「本当!?」

鈴は途端に目を輝かせる。

「前に言っていた、練羊羹や、饅頭や、団子を食べさせてくれる？」

「ああ、もちろんだ。江戸には美味いものがたんとあるぞ。それをお前に味わわせてやるからな」

「やったあ！」

そうやってはしゃいでいる姿は、まだほんの幼い子どもだ。その顔を見て、数馬は、必死でこらえて鈴を抱かないことを選択した自分を褒めてやりたくなった。

もし一度抱いてしまえば、きっと歯止めは利かない。鈴が左門に勾引《かどわか》されてみだらなことを強いられてしまったために、その幼さにそぐわぬことを覚え、そのまま歪んでしまうことは避けたかった。たとえ人間でなくもののけなのだとしても、数馬の目には鈴がただの無邪気な少年としか映らないのだ。その愛くるしい笑顔が曇ることのないよう、数馬は鈴を大事にしてやりたかった。

（たとえ、お前がいずれおれの前から去ってしまうとしても……）

自分は決して、鈴やその兄が言うような『お侍』と同等のものになったりはしない。数馬はそう決めたのだった。偽善であろうと欺瞞《ぎまん》であろうと、構いはしない。数馬の中の確固たる道徳心が、無垢な子どもを弄《もてあそ》ぶことをよしとしなかったのである。

＊＊＊

それから数馬は、しばらく屋敷を離れて一人で剣の道に勤《いそ》しみたいと言い、鈴と二人の生活を始めた。

こういったことはこれまでになかったわけではなく、数馬は人を斬った後はいつも沈み込み、あまり人と会いたくないと周りを遠ざけるようになるので、特に怪しまれもしなかった。母にはせめて下働きの女を雇えと言われたが、何かしている方が気が紛れてよいとこれも断り、家事はすべて数馬がこなした。元々、家の細々としたことをするのが苦ではない数馬である。それに、ようやく再会できた愛しい鈴の世話ともなれば、苦痛どころか喜びを覚えるほどであった。

「鈴、飯ができたぞ」

「ああ、おいらお腹がぺこぺこだよ」

ものを食わずとも生きられる妖狐だというのに、鈴はなかなかの大飯食らいだ。鈴が早く元に戻れるようにと、数馬は今日も腕を奮った。道場の帰りに買ってきた鮎《あゆ》を塩焼きにし、アサリの剝き身と大根で味噌汁を作り、熱い飯には沢庵と青菜を刻み込んだ納豆をかけてやる。煮売屋で買ってきた焼き豆腐、こんにゃく、ごぼうなどを醤油で煮染《にし》めたものを出せば、鈴は喜んであっという間に平らげた。

「近頃、少し暑いくらいになってきたね」

「夏が近づいているからな。そろそろ、蚊帳《かや》も買わなければ」

江戸の町には早くも蚊帳売りの「萌黄《もえぎ》の蚊帳ぁ」という声も聞こえるようになってきた。

鈴がそのふさふさとした尻尾のためかしきりに暑がるので、涼しげな薄手の木綿の着物も買ってやった。その白い肌はひどくきめが細かく毛穴の見えないほどで、うっすらと汗の載っている様など、見ていてもどこか息苦しく感じるほどだ。

「しかし、お前のその姿は、なかなか治らないな……」

「おいらも、どうすればいいのかわからないよ」

「そのままでは、外を連れ歩くわけにもゆかぬなあ」

じっとしているのが苦手な鈴は、飯を食べ終わったそばからごろごろと畳の上を転げ回り、しなやかな手足を折り曲げたり伸ばしたりして退屈そうにしている。

「おいら、早く外に出たいな」

「こら。戻る前にここから出たらいかんぞ。もう一度やったら飯抜きだと言ったのを覚えているな？」

鈴ははっとして起き上がり、肩を竦めてぺろりと舌を出す。

奔放な鈴は家でじっとしているのをこらえることができず、時折人のいない夜中などに家を抜け出してそこらで遊んでくることもあった。そのたび数馬がすぐに気づいて連れ戻し説教するものの、鈴はなかなか言うことを聞かない。見た目の年齢よりも鈴はよほど幼く、一度外へ出てしまえばそこら中を走り回ったり木に登って枝からぶら下がってみたりと、まるで乳母の手を焼かせるわんぱく小僧のように落ち着きがないのだ。

そんな鈴に手を焼いているとはいえ、数馬もさすがに一月以上家の中では可哀想《かわいそう》になってくる。これでは、左門の屋敷に捕われていた頃と変わらない。もちろん、縛りつけて閉じ込めてあるわけではないのだからずっとましだが、それでも好きに遊ばせてやることができないのが哀れに思えるのだ。

だが、あの騒動のほとぼりが冷めるまで鈴を外に出さぬというのは、ある意味では正しいことだった。

左門を斬った後日、高尾家の主家、文多家当主信綱《のぶつな》に呼び立てられその御前へ馳《は》せ参じた数馬であったが、ひどく胆の冷える思いがした。

というのも、信綱は数馬があの座敷に「何もいなかった」と言ったのを疑っていたからだ。

「わしはどうも、昔から風変わりなものが好きでな」

おっとりとした口調で信綱は語る。歳の頃は四十ほどだが、その顔は色艶もよく端整で、まだ三十そこそこにしか見えぬほど若々しい。

「これまでにも様々なものを見聞きし、研究を重ねてきた。太平の世では武士などというのも名ばかりじゃからのう。ご先祖さまたちが戦に謀略に奔走していた時間を、わしは好きなことに費やしておる」

信綱の奇異な趣向については、家臣の間でもよく話に上っており、皆知っている。とにかく珍しいものが好きで、長崎の出島《でじま》にもよく出向き、屋敷にも大陸や南蛮渡来のものを商う商人が頻繁に出入りし、怪しげなものばかり買い込んでいる。

殊にもののけの類いには目がなく、東の川で河童《かっぱ》が出たと聞けばわざわざ輿《こし》に乗って見に行き、西の山で天狗《てんぐ》を見たという者あらば、それを呼び寄せて詳しく話を聞きたがるという具合である。

書物の蒐集《しゅうしゅう》にも熱心で、信綱の部屋には所狭しと古今東西のもののけに関する資料が集められているらしい。

凝り性で、変わったものを好み、しかも時間も金も権力もあるとくれば、それはもう研究のし放題である。

「じゃからのう。わしはどうも、左門の件、もののけか、はたまた呪《まじな》いの類いであると見ているが、それが跡形もなく消えてしまうというのは、腑《ふ》に落ちぬのだがな」

「は……。恐れながら、某を含め、兄の藤馬ら数人と共に、皆左門の異様な姿を見ております。確かにもののけの類いの仕業やもしれませぬが、某はまったくの門外漢。姿形も知らず、取り逃がしてしまったやも知れませぬ」

「じゃが、そなたは一人で左門の籠っていた座敷へ入っていったのだろう？」

信綱のおっとりとした涼やかな目に、一瞬鋭い光が走る。

「そなたはそこに何もいなかった、と言うておったそうじゃが……」

「はい、その通りでござります」

「ふむ……」

緊張しながらはっきりとそう答えると、信綱は悩ましげな目をして視線を逸らす。

「藤馬に話を聞けば、何やらその座敷には甘い香りが満ち満ちていたと言う、な。そうであろう？」

「は……」

「わしはなあ、その甘い香りを放つもののけを、どうも知っておるような気がするのじゃ……窮地に追い込まれると、そのような香りを発するもののけをなあ……」

数馬は内心ぎくりとし、生きた心地がしなかった。

信綱は、あの座敷に何かしらの存在があったことを確信している。そして、数馬が嘘をついていると見抜いているのだ。

（今の鈴の姿をもしも見つけられたら、必ず連れていかれてしまう）

耳も尻尾も見えなくなってしまえば、鈴は通常の人間と変わりないのだ。だから、一刻も早く鈴をその状態に戻さなければならない。

なんとかその場は言い繕って屋敷を去った数馬だったが、焦りと緊張が常にその背を焼いていた。あの研究好きの殿のことだ。もしも生きた妖狐を手に入れたとなれば、解剖でもしかねない。

「どうにかできぬものかな……」

狐の耳や尻尾を引っ込ませる方法など、数馬も知らぬ。すでに鈴の心身は回復しているはずだが、まだ足りぬものがあるのだろうか。

首をひねっていると、鈴はおもむろにおずおずと数馬の袖を引いた。

「数馬……あのね」

「ん。どうした」

鈴は何かもごもごと口の中で言おうとするが、すぐにまた俯いてしまう。

「ううん……やっぱり、なんでもない」

「どうした。言ってみろ」

「でも、お願いしにくいよ」

「おれにできることならなんでもやってやる。遠慮はするな」

「わかった……」

じゃあ、寝るときに、と言って鈴は食後の熱い茶を少しずつ飲んだ。


風呂を使った後、畳の上に二組の布団を敷き、二人はいつも通り横になった。

灯りを消すと、ほどなくして、鈴が数馬の布団へ潜り込んでくる。

夏に入りかけているとはいえ、日が落ちるとやや肌寒くなる。数馬は鈴の高い体温を肌に感じながら、その髪を撫でた。鼓動がうるさく騒いでいるのを聞かれはしないかと、それだけが気がかりだ。

「どうした、鈴。寒いのか」

「ううん、違うの。そうじゃなくて」

鈴は薄い布団の内で、数馬の逞しい腰に抱きつく。

「あのね。その……多分、おいら精気が足りていないのかもしれないんだ」

「精気が？」

鈴は、妖狐は食べ物ではなく精気が生きるのに必要なのだと言っていた。だから弱ったとき、無意識のうちに左門の精気を吸ってしまっていたのだと。

鈴の柔らかな丸い額が、数馬の胸板に擦《こす》りつけられる。

「だから、数馬のを少しわけて欲しいの」

「なんだ。そんなことか」

数馬は暗闇《くらやみ》の中で微笑み、ぽんぽんと鈴の背中を優しく叩いた。

「死なない程度にならば、もちろん構わないぞ」

「死なないよ。そんなにいらない。少し吸っても、生き物の精気は時間が経てば回復するから」

「だが、お前は少し吸うなどと加減ができるのか？　あの男の精気を吸ったとき、その自覚はなかったのだろう？」

「うん……でもね、近頃おいら、わかるようになってきた。目を凝らすとね、見えるんだ。数馬や、木や、草から立ち上る精気。熱い湯から出てる湯気みたいに、白くてゆらゆらしてるの」

「木や、草からもか。ああ、そういえば生きているものすべてから出ているものだったと言っていたな」

「あのお天道さまからも出てるよ。けど、お月さまの方がもっと出てる。おいらね、夜になると、少しこの辺りもお山に近くなるのを感じるんだ。お月さまの光には、精気が含まれてるの。だから、夜になると精気が濃くなるんだよ」

なるほど、と数馬は思った。百鬼夜行ともいうが、もののけが夜に出歩くのも、理由のないことではないのかもしれない。

「それじゃあ、精気を吸わせるにはどうしたらいい。このままでいいのか」

「うん……」

鈴は布団の中でもぞもぞと蠢く。何をしているのかと訝ったが、鈴が着物を脱いでいるとわかったとき、数馬は仰天し、思わず息を乱した。

「お、おい、鈴……」

「肌をね。くっつけたいんだ。数馬の体から出ている精気を、そのままおいらの体に吸い込みたいから。今までもずっと近くにいたけれど、多分着物を着ていたんじゃ、そのまま吸い取れないんだ」

「し、しかし……」

「やっぱり……嫌？」

鈴は不安げな声を出す。数馬は、鈴が最初に拒絶されたのを覚えていて、再び数馬に拒まれるのを恐れているのを悟った。

問題は、鈴ではなく、自分の方なのだ。裸で肌を合わせなどしたら、これまで保ってきた理性が崩れてしまいそうで、怖いのだ。

だが、精気を欲している鈴にとって、近くに触れられる人間は数馬だけなのである。草木や月から受けられる精気では足りないというのなら、言う通りにしてやる他ないだろう。

「わ、わかった……どのくらい、そうしていればいい」

「わかんない。試してみないと……」

「そ、そうだな。よし……」

数馬は意を決して、自らも帯を解き、着物を脱ぐ。

露わになった胸元へ、ひたりと鈴の肌が触れた。その感触だけで動揺する数馬には気づかず、鈴は腕を回し、全身をぴったりと数馬の体に沿わせる。

（ぐ……拷問だ、これは……）

鈴のなめらかな肌の感触。きめ細やかな皮膚の、吸いつくような味わい。

数馬は下帯の中の愚息が勃起《ぼっき》しないよう、懸命に何か他のことへ気を逸らしている。

するとふいに頭の芯《しん》がぼうっとするような、甘やかな気怠さに襲われ始める。なんとなく夢見心地のような、酩酊《めいてい》に近い感覚である。

「数馬……平気？」

「あ……、ああ。酒に酔っているような心地だ」

「嫌な気分になったら、教えてね」

鈴は丸い頬を数馬の首筋へつけ、ほうと熱い息を落とす。

「数馬の精気……美味しい」

「む……？　味があるのか」

「数馬の精気はね……あったかくて、密度が濃くて、美味しいよ。おいら、数馬の精気大好きだ……」

「人によって……違うのだな」

「違うよ。お月さまや草木から出ているものは、もっとひんやりしているんだ。あんまり味がしないの。でもね、人にはそれぞれ色んな匂いや感触や温度があるよ。おいら、そんなにまだ知らないけれど……」

「そう、か……」

それは鈴にしかわかりようのない感覚なのだろうが、美味しいと言われて悪い気はしな

い。不味《まず》いからいらないとでも言われたら、きっと立ち直れなかったことだろう。

だが、美味いからといってずっとこのままでいられたのでも困る。

どのくらい時が過ぎたのだろうか——いつまでも離れぬ鈴に堪りかねて、数馬は囁きかける。

耳を澄ませば、聞こえてくるのは穏やかな寝息である。どうやら精気の味の心地よさに、鈴は寝入ってしまったらしい。

「おい、鈴……鈴」

(参ったな……)

精気を吸われるたびに毎回こんな責め苦を味わわねばならぬのなら、数馬にとってはひどく難しいことになる。

寝入ってしまった鈴を起こさぬよう、細心の注意を払ってその腕からすり抜け、数馬は布団から這《は》い出た。頭を冷やすためにそのまま家の外へ出ると、今宵《こよい》はちょうど満月の夜である。蒼白い月の光はどこか官能的で、心の奥から狂おしい衝動を引きずり出そうとするようだ。

(月からは精気が出ているというが……おれには、何やら血の騒ぐような心地がする)

腕に、胸に、未だに鈴の柔らかな肌の感触が残っている。数馬は深呼吸をし、己の内なるけものの衝動を鎮めようとした。

こんなにも近くにあるのに、手を出せぬ苦しみ。だが、これは数馬自身が決めたことなのである。途中で曲げるわけにはいかない。

（この欲望を、なんとかせねばな……）

男とは、厄介なものだ。心と体が時として一致せず、反目し合う。だが、背に腹はかえられない。

数馬は近々、久方ぶりにとある場所へ足を運ぼうと決めた。

＊＊＊

「数馬！　見て！」

翌朝、数馬の布団で目を覚ました鈴は、飛び上がって喜んだ。

まだ頭に生えた耳はそのままだが、尻から伸びていた尾は消えている。これには数馬も驚いた。

「すごいな。一晩でこんなに違うものなのか」

「やっぱり数馬の精気がすごいんだよ！　とっても濃厚で美味しかったもの。おいら、今すごく元気だよ！　数馬のお陰だ！」

　鈴の喜びようを見ていると、生き地獄を味わった甲斐《かい》もあるというものだ。数馬の方は体調に変化はない。少々精気とやらを吸われても、一晩経てば回復するものらしい。

（しかし、こんなにも効果が出てしまうとなると……）

「数馬。今夜も、一緒に寝てもらっていい？」

「ああ……そうだな。そうしよう」

　やはりか、と内心深くため息をつきながらも、この分だと鈴を連れて外を歩ける日も遠くはないようだ、と確信する。

　ようやく、鈴と出会った日にも連れていってやろうとしていた、江戸の様々な場所を見せてやることができる、と数馬は嬉しくなった。鈴はまだ、この人間の暮らす世で、あまりいい思いをしていない。泥棒と言って殴られ、監禁されて慰み者にされ——そのことを考えるたび、数馬の広い胸は苦痛に締めつけられるのだ。こんなにも幼く無垢な少年には、あまりにも過酷な経験である。

「鈴。今晩、お前の好きなものを買ってきてやろう。何がいい？」

「稲荷寿司！」

「またか。鈴は本当に油揚げが好きだな」

「うん！　あの油揚げから甘辛い味がじゅわっとしみ出すのがいいんだよ」

「よしよし。いい子で待っているんだぞ」

数馬は自分が道場に行っている間、たとえ誰かが来ても出てはならぬと鈴に言い聞かせてある。万が一、信綱が自分の周囲を探り始め、鈴と一緒にいることが露見してしまったら、面倒なことになりかねない。左門は「若衆狂い」だったのだ。あの事件の後、数馬が突然少年と暮らし始めたと知れば、あの鋭い殿様はすぐに何かを察してしまうだろう。

鈴もわんぱくな少年ではあるが、一度怖い目にもあっているので、日の出ているうちは数馬の言う通りおとなしくしてくれていた。

朝餉《あさげ》を食べ、昼餉のために握り飯にショウガの入った味噌を塗って焼き、大根のぬか漬けを切って自分と鈴の二人分の弁当を拵《こしら》えた。握り飯を焼いているそばから、朝餉を食べ終えたばかりの鈴が、香ばしい味噌のジュウジュウと焼ける香りに、鼻をくんくんと蠢かせているのを見て、

「こら。昼餉はきちんと昼に食うんだぞ。でなければ、夕餉までに腹が減ってしまうからな」

と釘《くぎ》を刺したが、

「わかってるよお。えへへ……」

と鈴がいたずらめいた笑みを浮かべるのを見て、これはすぐに食ってしまうな、と数馬は苦笑した。

それからすぐに身支度を整え、弁当を携えて、数馬は鈴を残して家を出た。

「いってらっしゃい、数馬」

「ああ。行ってくる」

こうして、鈴に見送られて出かけるのを何度繰り返したことだろう。

この幸せに慣れつつある自分が怖い、と数馬は思った。逞しい大男であるにもかかわらず気の小さいところのある数馬は、あまりに幸福過ぎる日々が続くことに、それを失うときの喪失感を早くも想像し、恐れも感じていたのである。

＊＊＊

数日の後、めでたく鈴の狐耳も呆気なく消えた。

これで数馬も夜毎《よごと》の苦労がなくなると思ったが、耳と尾が消えた後も、鈴は数馬の布団に潜り込んでくる。

「もうおれの精気は必要ないのだろう？」

「うん、そうなんだけれど……数馬の精気、美味しいんだもの。おいら、我慢できなくって」

甘えたように言われてしまえば、追い出すわけにもいかない。元々食いしん坊な鈴なので、食い物にしろ精気にしろ、食べたいと思えばこらえ切れないのだろう。

これには普段から禁欲を己に課している数馬も参った。鈴の姿が元通りになれば終わると思っていた苦行だのに、鈴はこの習慣をずっと続けるつもりらしい。

（いよいよ、これは対策を講じねばならぬなあ）

もはや限界である。これでは左門のように鈴の甘い香りに魅惑されずとも、気力を使い果たし瘦せ衰えてしまいそうだ。

「……鈴。次の休みの日に、外へ連れていってやろうか」

「本当⁉」

鈴は花の咲くようににっこりと笑って、嬉しそうに数馬にしがみつく。

「うん、おいら、こうして数馬に精気を貰っていれば、自分でこの姿を保てるから、外へ出ても平気だよ。わあ、楽しみだなあ」

「ああ……。約束だったからな」

鈴の無邪気な可愛らしい様子に、本当にこの子を自分の弟のように思えたら、と数馬は願って止《や》まない。

そうすれば、自分のこの苦しみもないはずなのだ。鈴を欲望の目で見ることなく、ただ慈しんでやれたらと思うのに、それが無理であることは誰よりも自分がよく知っている。

(大丈夫だ。なんのために、幼い頃から剣をやっている。己の精神を律するのは、得意のはずだろう)

心頭滅却すれば、火もまた涼し。

数馬は修行と思い、夜毎の地獄を耐え抜く決意をしたのであった。

満つるとき

二日後、よく晴れた日の朝、数馬は鈴を連れて家を出た。

鈴をびっくりさせてやりたいと思い、江戸いちばんの賑わいで有名な日本橋《にほんばし》へ行き、様々な店をあれやこれやと説明しながら見せてやる。

「うわあ。すごい人だねえ。おいら、こんなに人が集まっているのを見たことがないよ。それに、野菜がいっぱいだ！」

鈴は飛び跳ねながら、左足首の鈴をちりんちりんとしきりに鳴らす。

うるさいから外したらどうだ、と最初に聞いたものの、それは兄から貰ったお守りなのだそうで、たとえ風呂のときでも鈴はそれを外さない。

「ここは青物市だ。日が高くなると野菜が傷むからな。朝のうちに売るのさ。他にも神田《かんだ》の方に大きな青物を売るやっちゃ場という市場があるぞ。ここいらには人出を目当てに芸人や色んなやつも集まってくる。だからいつでもすごい人だよ」

「すごいなあ……なんだか、大きな音がするね？　ゴウゴウいってるよ」

「すぐそこに魚河岸《うおがし》の鮮魚市場がある。朝から晩まで橋の下を漁船が行き来しているのさ。店や棒手振りの仕入れの者たちでいつでも賑わっている。ちょいと前までは初鰹《はつがつお》の時期だったから、皆我先にと鰹を買いに来ていた」

「はつがつお？　普通の鰹とは違うの？」

「知らないか。江戸の人間は初物が好きでな。初物というのはその季節の旬《しゅん》のものだ。皐月《さつき》の頃には美味い鰹がとれる。初物七十五日といってな、初物を食べれば寿命が七十五日延びるんだそうだ」

「へえ……そうなんだ。人間って面白いこと考えるね」

「茄子《なす》や筍《たけのこ》なんかも初物の時期には随分高くなってしまう。鰹一本に三両の値がついたなんて話もある。それでも皆買うんだから、よほど江戸の人間は長生きをしたいんだな」

市場はまさに人の混雑が最高潮となり、そのやかましさと華やかさといったらない。鈴は目を輝かせてひと時も落ち着かず、辺りをキョロキョロと見回している。

橋から室町《むろまち》の通りへ戻っていくと、今度は様々な芸人や菓子売りが鈴を魅了する。

「うわあ、数馬、数馬！　あれ、団子でしょう？　あっちでも綺麗な菓子を売っているよ！」

「ああ、そんなに慌てずとも、店は逃げんぞ」

「だって、こんなにたくさん……」

「甘いものが欲しいのかい？」

声をかけられて振り向くと、鈴はびっくりして飛び上がった。

なんとそこには、なんとも巧妙な狐の着ぐるみを着た飴売《あめう》りがいたのである。

「この飴は美味しい飴だよ。ほっぺたが落ちちまうよ」

飴売りの男が、籠《かご》に入った白や桃色の飴を盛んに鈴に見せびらかす。だが、鈴は狐の着ぐるみに怯えて、飴どころではない。さっと数馬の大きな体の後ろに隠れてしまい、小さく震えている。

「おやおや。お侍さまの子どもだってのに、随分と恐《こわ》がりだねえ」

「は、はは……。すまない。あまり外を出歩かない子でな……」

数馬が二本差しの武士の姿であるので、その連れである鈴も、武家の子であると思われたらしい。まさか、自分たちが親子だと思われたとは、考えたくない数馬である。

「か、数馬……あれ、なんであんな格好をしてるんだ」

飴売りが諦めて去ってしまうと、鈴は目に涙を溜《た》めて数馬の袖を引く。

「飴売りにも色んなのがいるんだ。子どもの気を引くためにな。唐人の格好をした唐人飴売りやら、鎌倉節《かまくら》を歌いながら飴を売るのやら、色々だ」

「びっくりしたよ……。おいら、お山から何かが追っかけてきたのかと思ったよ」

鈴が驚いたのも無理はないだろう。偶然とはいえ、狐の鈴に狐の格好をして飴を売りに来るとは、なんとも皮肉である。

鈴はひどく怯えていたかと思えば、次の瞬間にはもう他へ興味が移っている。

「あれ？　数馬、あんなところに猿がいるよ」

鈴が見てるのは猿回しだ。小猿を連れほっかむりをした男の周りを、町人の子どもたちが囲んでいる。

「あれは猿回しというんだ。猿を使って芸をするのさ」

「ふうん……？」

少しばかり鈴が歩み寄ると、小猿はその気配に気づいて、キイッとけたたましい鳴き声を上げた。

「おやおや、おい、猿吉。一体どうしちまったんだい」

猿回しの男が、突然何かを警戒し始めた小猿に困って、芸を続けさせようとする。だが、小猿は先ほどの鈴のように怯え、男の首にしがみついて離れない。

（いかん。やはり、けものは鈴の正体に気づくのだ）

何かがあってはまずいと、鈴を連れて立ち去ろうとしたとき、鈴はすでに他のことに気を取られている。

「あっ、ねえねえ、あれ見て！　すごいよ数馬！」

鈴が走り寄って指差す先には、太鼓や笛に合わせて、獅子《しし》の頭を被《かぶ》った少年が軽々と宙返りなどの軽業を披露している。

「ああ。あれは越後《えちご》から来た芸人だな。ちょうどこの時期から秋にかけて江戸へ芸を見せに来る」

「あの子、まだほんの子どもだろう？　おいらよりも小さいよ。すごいなあ」

「お前も、ひょっとすると、このくらいならできるんじゃないか？」

「うん、できるよ！」

数馬が余計なことを言ってしまったのが、よくなかった。鈴は自信満々に頷き、自らもひょいとその場で宙返りをして見せたのである。

これには、数馬も肝をつぶした。ここはよりによって江戸一の賑わいを誇る日本橋の大通りなのだ。

「こ、こら、鈴っ！」

「え？　なあに？」

まさか、本当にやってしまうとは思っていなかった数馬だ。鈴が身が軽いのは知っていたが、実際にひょいとなんの準備もせずに軽々としてのけてしまうとは、さすがに予想外だった。

（そうだ。鈴は妖狐なのだ。身のこなしが人間離れしていても、不思議はない）

しかし、これはとんだ営業妨害である。周りの者たちが足を止め、おおーっと歓声を上げて手を叩く。呆気にとられて太鼓を叩くのもやめてしまった越後獅子の芸人たちの視線に赤面して、数馬は鈴の手を引いて「御免！」とそそくさとその場を後にした。

「ど、どうしたんだよお、数馬」

「お前、耳や尻尾は隠せているだろうな？」

「当たり前じゃないか！　昨夜《ゆうべ》もたっぷり吸わせてもらったもの」

その言い方が、妙にみだらに聞こえて、数馬は赤くなった頬をますます上気させる。

鈴はいつでも突拍子もないことをしでかす少年だ。そのことを忘れてはいけない。最初に出会ったときも、鈴は銭の存在を知らず、茶店の桜餅をそのままとって食おうとしていたではないか。

（あまり目立ってはいけないというのに……）

鈴をようやく町へ連れ出せた安堵と喜びで、数馬もすっかり警戒心を失っていたらしい。

これから先は、鈴から目を離さないようにしていなければならない。宙にでも浮かれたら大変だ――そんなことができるのかどうかはわからないが。

「数馬。この辺り、なんだかいい匂いがするね」

しばらく歩いていくと、料理屋、茶屋が軒を連ねる辺りへ出た。『京の着倒れ江戸の食い倒れ』と言われるほど、江戸の食は豊かであり、食べるのに困らない。

「おいら、お腹が空いてきちゃった」

「よし。どこか料理屋に入るか。何がいい」

「普段あんまり食べたことのないのがいいなあ」

「それじゃ、鰻《うなぎ》はどうだ。大川の鰻は脂がのっていて、美味いぞ。他には、天麩羅《てんぷら》もいいかもしれんな。鈴は稲荷寿司の油揚げが好きなのだから、寿司や心太《ところてん》なぞといったものよりも、そういうこってりしたものがいいだろう」

「どっちも！　どっちも食べたい！」

「お前は本当に欲張りだ。それじゃ、天麩羅を載せて海苔《のり》をふりかけた蕎麦《そば》を食おう。夕餉に鰻丼だ。これでいいか」

鈴は嬉しそうに頷き、数馬の腕に飛びついた。その愛らしさに、散々苦労をさせられた数馬も、やれやれ、と眉《まゆ》を下げるしかない。

数馬は鈴を連れて蕎麦屋へ入ると、二階の座敷へ通された。店は大層混雑していて、数馬たちが入った後、満員になってしまったようだ。背後から男の妙に甲高い文句が聞こえる。

「なんだい！　こんな安っぽい蕎麦屋にこのあたしが入ってやろうってのに、すげなく追い返すつもりかい！」

「お客さま、申し訳ございません。あともう少しで、お席もご用意できますので……」

「それまでこのあたしを、埃《ほこり》っぽい通りに立たせておくつもりかい！　ええ、なんて態度のでかい店なんだろうねえ！」

あまりにも大きな声で喚《わめ》くものだから、鈴が怯えてちらりと後ろを振り向く。自分たちが最後に間に合った客だったので、天衣無縫の鈴も気まずく思ったものらしい。

数馬も少し背後に目をやってみる。歳の頃はほぼ数馬と同じくらいだろうか。ひょろりとした柳のような優男だ。上等な小豆色の着物に黒い長羽織を重ね、どこかの店の若旦那《わかだんな》風に見え、これは店の金をいくら使い込んだかわからぬというような傲慢《ごうまん》な顔つきをしている。だが、まだ日も高いというのに相当酔って赤い顔をしており、足下もおぼつかない有様のようである。

その男が、振り返った鈴に目を留めて、

「おや、まあ。随分、綺麗な子だね」

　といやらしく頰を笑み崩すのを見て、数馬はむっとして鈴の肩を抱き、「行くぞ」と急《せ》かした。

　江戸の町中には鈴にとって危険なものが山とある。そのひとつが、あのような男だ。

（まったく、蕎麦屋に入っても警戒せねばならぬとは……）

　不機嫌をこらえ切れず渋面を作って座敷に入ると、「申し訳ありませんねえ」と女中が腰を低くして謝った。

「あの男は、誰だ。随分と偉そうにしていたが……」

「そこの『ますや』という呉服屋の、若旦那でございますよ」

「ほう、あのますやの」

　ますやというのは日本橋の通りでも幅を利かせ始めた、越後屋に次ぐほどの呉服屋である。そこの若旦那ともなれば、なるほどあの大きな態度も納得できる。

　噂好きらしい若い女中は声を潜めて、「ここだけの話ですが……」と話し始める。

「吉原《よしわら》で夜遊び三昧《ざんまい》で、旦那さんもかんかんでねえ。今じゃ札付きで夜に出歩くのも禁止されて、ああしてここいらの店で酔いつぶれたりして、鬱憤《うっぷん》を晴らしているんですよ。店で働いている子でちょいと綺麗なのがいれば、それを攫おうとしたりねえ。まるでけもの。

こっちもいい迷惑です」

札付きとは、住民の転入など記す人別帳に、勘当扱いの札を貼《は》られている、ということである。放蕩《ほうとう》息子に与えられたぎりぎりの猶予で、また何か問題を起こせば即勘当、ということだ。

なるほど、女遊びを禁じられて、衆道の方にもよろめき始めた、ということか――などとあたりをつけるものの、せっかくの鈴との時間をあんな酔漢の噂話に費やしたくはない。

数馬は早速天麩羅蕎麦を二つと酒を女中に注文した。そして、見慣れぬ品書きがあるのを認めて、面白そうだとそれも頼んでみる。ごぼう餅というもので、何やら美味そうだ。

すぐに、熱い蕎麦に芝海老と鱚《きす》の揚げたての天麩羅の載ったどんぶりが運ばれてくる。

「よい匂いだな、鈴」

などと言っているうちに鈴は夢中でそれを食べ始めており、数馬は苦笑した。

「美味いか？　どうだ、天麩羅の味は」

「美味しい！」

鈴は満面の笑みで叫ぶ。

「この、天麩羅のサクサクしたのと、おつゆが染みたのが堪らないよ！」

「それはよかった」

　鈴は細い体に似合わず本当に大食漢だ。数馬よりも先にぺろりと天麩羅蕎麦を平らげてしまい、満足そうに茶を飲んでいる。その腹のどこに食い物が収まっているのかと、数馬は常々不思議に思う。

　そして、二人が天麩羅蕎麦を食べ終えると、すぐにごぼう餅というものが運ばれてきた。黄金色の丸い餅のようだが、ごぼうらしきものはどこにも見当たらない。数馬は皿を運んできたさっきとは別の中年の女中に話しかける。

「これはどうやって作ったものだ」

「はい。ごぼうをすりおろしまして、白玉の粉や砂糖などを混ぜましてね。それを丸めて茹でて、それから油で揚げたものでございます。こちらの甘い味噌をつけて召し上がりますと、一層美味しゅうございますよ」

「うわあ。いい匂い！」

　鈴はやはり辛抱堪らず、女中の説明が終わるか終わらないかのうちにひとつ手に取って頬張ってしまう。そして、いかにも幸せそうな顔でずっと口をもぐもぐとさせている。

「美味いか？　鈴」

「美味しいよ。ごぼうの味がするんだけど、甘いんだ。こんなもの食べたことない！」

　鈴があんまり美味そうに食べているので、数馬は自分の分も食べさせてやった。すると、一度引っ込んだ女中が、再びごぼう餅の皿を持って現れる。

「こちらは、店からのほんの気持ちでございます」

「よいのか」

「ええ。先ほどご迷惑をおかけしましたし……それに、そのようにお幸せそうなお顔で召し上がっていただけるのであれば、いくらでも差し上げたくなってしまうものでございますよ」

「本当？　じゃあ……」

「こら、鈴。もっと食べたいのならもうひとつ頼む。甘えるんじゃない」

たっぷりとした肉づきの女中は朗らかに笑いながら、「素直な、目の覚めるような綺麗な弟さんでございますねえ」と数馬へ語りかけた。

内心、息子ではなく弟と言ってもらえて安堵した数馬である。人よりも大柄なのと落ち着いた物腰のために、昔から年齢よりも老けてみられがちだ。繊細で優しい数馬はそのことを人知れず気にしていた。剣の達人であるがゆえに精神までも強いと思われてしまうが、数馬はそこまで剛の者ではない。

それに、あまりにも鈴と歳の開きがあるように見られるのも、苦しかった。これまで自分の性的な好みがごく普通であると自認してきたために、少年、しかもかなり幼い容姿の者を色子にしているなどとは思われたくなかったのである。

（こうして、人前で鈴を連れ歩いてみると、如実になってくるものだな……）

今の江戸では若衆好みなどおかしくもなんともない風潮だが、数馬自身が戸惑《とまど》っているのだ。しかし、いくら恥じようとも、苦しもうとも、目の前の鈴の顔を見てしまえば、そんな心持ちは愛おしさに取って代わられてしまう。

「数馬。おいら、練羊羹や団子も食べたいな」

「お前……今さっき食べ終えたばかりだろう」

「だって、甘いものをたらふく食べるのを楽しみにしていたんだよう。ね、いいだろ。おいら、ごぼう餅を食べて、もっと甘いものが欲しくなっちゃったんだ」

可愛い顔で訴えられれば、仕方がないなと許してしまう数馬である。我ながら呆気ない。だが、そんな状況を楽しんでいる自分も、確かに存在するのだ。これまで恋を知らぬ数馬だったからこそ、こうして鈴と手に手を取って様々なものを見て、味わって、喜びを共有できることが嬉しいのであった。少しのわがままでねだられるのも、堪らなく幸福だった。

「ちょっと待っていろ」

と言って、数馬は雪隠《せっちん》へ立った。鈴の笑顔を肴に酒を過ごしているうちに、飲み過ぎてしまったようだ。

（さて、この後は鈴をどこへ連れていくかな……あいつの喜びそうなところは……）

などと考えつつ用を足していると、何やら外の座敷が騒がしい。

嫌な予感がして、手早く済ませ雪隠を出ると、先ほどの中年の女中が血相を変えてこちらへ来るところへぶつかった。

「あっ！　お侍さま」

「どうしたのだ。そのように慌てて」

「早く、早くいらしてくださいよう。弟さんが……」

それを聞いて、さっと数馬の顔色が変わる。大股《おおまた》で元いた座敷に戻ったが、そこに鈴の姿はない。

「あの子はどこへ？」

「じ、実は、ますやの若旦那が、何やら物騒なお人らを連れて、あの子を攫って行っちまって……」

数馬は大きく舌打ちし、勘定を急いで払うと蕎麦屋を飛び出した。

雪隠へ行っていたのはほんの少しの間だ。さほど遠くへは行っていまい。

そう思い視線を巡らせると、案の定、通りで大暴れをしている鈴の姿が見えた。

二人の屈強な浪人風の男に腕を掴まれ、引きずられている。あまりに鈴が騒ぐので、ちょっとした人だかりまでできていた。

「離して！　離してったら！」

「ああ、うるさい。おとなしくしなさいよ。後でたっぷり贅沢《ぜいたく》をさせてあげるって言ってんじゃないか。綺麗な着物も着せたげるよ。お前のような可愛い子がうちの着物を着れば、そりゃあ水の垂れるような若衆ぶりになるだろうさ」

「そんなのいらないよ！　おいら、数馬と一緒にいるのがいいんだ！」

「数馬？　あの冴《さ》えない侍の名前かい？　おや、兄弟かと思ったが違ったね。お前が色子なら話が早いよ。あたしの無聊《ぶりょう》を慰めとくれ」

「待て」

数馬は怒りを押し殺した低い声で呼ばわった。

一同ははっとして振り向き、鈴の泣き濡れた顔にぱあっと希望の光が射す。

「その子を置いていけ」

「なんだい。ちょいと遊んでやろうってだけじゃないか」

「その子はおれが預かった大切な子どもだ。命に代えても守る。聞かぬなら、手討ちにするぞ」

「数馬……」

鈴はふいに、怯えた顔をした。数馬の全身から、冗談では済まぬ殺気が迸《ほとばし》っている。

「おやまあ、物騒な。侍ときたらそうやっていつだってあたしたち町人をいじめるんだから、たまったもんじゃないよ。お前たち、ちょいとこのお侍の高い鼻っ柱をへし折ってやんな」

若旦那が声をかけると、浪人風の二人が刀を抜き、数馬へじり、とにじり寄る。出で立ちからしても身のこなしからしても、やはり士分の者だろう。若旦那に金で雇われたのに違いない。

すわ、喧嘩《けんか》かと見物人たちは無責任に「喧嘩だ、喧嘩だあ」「やっちまえ」などと囃《はや》し立てる。

火事と喧嘩は江戸の花——などと言われるほど、喧嘩は江戸名物のひとつに違いないが、こんな形で鈴に見せてやるつもりはなかった、と数馬は内心自嘲《じちょう》する。

数馬もゆっくりと腰の刀に手をかける。が、まだ抜かない。

腹に力を込め、すいと目の前の浪人二人を一瞥《いちべつ》する。動くは視線のみ。一分の隙もない。

その気迫に、男たちは怯《ひる》み、硬直する。すぐに手練《てだれ》と知れたのだろう。

「おのれら。おれを、冴島道場の高尾数馬と知っての狼藉《ろうぜき》か」

「む……」

その名を知っていたのか、浪人たちは一瞬で勢いを削《そ》がれた様子。顔を見合わせ、

「冴島道場の高尾数馬、だと」

と囁き交わし、ごくりと喉を鳴らしている。

それもそのはずだ。冴島道場と言えば音に聞こえた名流であり、高尾家も古くから武勇で名高い名門なのである。少しでも剣を学んだ者ならば、この二つの名を知らぬ者は江戸にはいない。

浪人たちは目を見合わせ、頷き合って、刀を鞘に納めた。

「若旦那。こいつぁ分が悪い」

「某らは降りる」

「はあ？　何を言っているんだい」

赤ら顔の若旦那は、青筋を立て唾《つば》を飛ばして捲《まく》し立てる。

「お前たち、武士なんだろう？　その腰のものは飾りなのかい！　ええ、武士の誇りってもんがないのかい！」

「誇りで飯が食えるものか」

「命を懸けるには、あんたの金は安過ぎる」

御免、と浪人たちは薄情にもあっさりと立ち去った。取り残されそうになった若旦那は、足をもつれさせながら慌てて「ちょいとお待ちよ！」と二人の後を追いかけていく。周りを取り囲んでいた見物人たちも、「つまらん」と白けた様子で方々へ散ってしまった。

解放された鈴は、「数馬！」と叫び、数馬の首へ飛びついた。

「鈴！　大事ないか。どこも痛いところはないか」

「おいら、平気だよ。数馬、助けてくれてありがとう」

鈴を抱き締めながら、数馬は心底、ここで刀を抜かずに済んだことに安堵した。こんな人のいる場所で大立ち回りなどしてしまえば、瞬く間に信綱の耳に入ってしまうに違いないからだ。

本当に、今日はなんという忙しい日なのだろう。鈴を力いっぱい逞しい腕に抱きながら、数馬はただ、もう何事も起きないようにと祈る他ないのであった。

その後、甘味をたっぷりと満喫し、芝居や音曲などを楽しみ、最後にまるまると太った江戸前の鰻をたらふく食べて、二人は家に戻った。

やはり完全に平穏無事というわけにはゆかず、鈴は芝居小屋の舞台に上がりたがったり、音曲に合わせて歌を歌い出したりと、数馬はほとほと手を焼いた。

しかしさすがに元気いっぱいの鈴も今日はたくさん遊んで疲れたとみえて、風呂に入るとすぐに布団に寝転がって動かなくなってしまう。

「鈴。江戸の町はどうだった」

数馬も傍らへ寝転んで訊ねると、すでにうとうとし始めている鈴は、それでも無意識なのか数馬の懐へ潜り込み、むにゃむにゃと何かを呟いている。

「初めて見るものもたくさんあって、疲れただろう」

「ん……数馬……あのね……」

鈴はぽっかりと目を開け、眠気のためか潤んだ瞳で数馬を見つめる。その熱い眼差しに、数馬はぎくりとする。

「今日ね、攫われそうになったときね……」

「ああ……ひどい目にあったな。おれが少し目を離した隙に……すまなかった」

「違うよ。数馬は助けてくれた。これで、三回目だよ、数馬」

裸の胸に、鈴の湿った吐息が触れる。

「あのときね、数馬は少し怖かった。本当に、おいらを攫った人たちを斬っちまいそうだった」

「……あの者らが最後までお前を手放さなければ、そうしただろう」

「おいら……どきどきしたよ。最初は、数馬が怖いからだと思った。でも、数馬が本当においらを大事に思ってくれてるんだってわかって、おいら、違うどきどきになったんだよ」

「鈴……」

不穏な動悸《どうき》が数馬を苦しめる。鈴が数馬を見上げる目に、これまでと違う熱がある。

「数馬。おいら、数馬の口を吸いたいな」

「し、しかし……」

「それだけだよ。なんにもしない」

鈴は数馬が最初に抱かないと宣言したのを覚えている。それを律儀に守ってくれているのがますます愛おしく、数馬は迷った。

(口吸いだけなら、それもいい。だが、それだけでは、ますますおれが苦しむことになるのだが……)

逡巡《しゅんじゅん》している間に、鈴は頬をすり寄せ、数馬の唇へ、自らの口を押しつけてしまう。

「む……」

柔らかな感触が、唇に触れる。なんとも初々しい、胸の切なくなるような、子が親に甘えるような口づけだ。だが、鈴にとって甘えるつもりの口吸いでも、数馬は狂ってしまいそうだった。

(鈴の唇……なんと甘やかな、優しい感触なのだ)

血が燃え立ち、たちまち下帯の下が膨れ上がりそうになり、数馬は必死になって気を逸らす。

その間は、長いように思えて、瞬《まばた》きほどの長さだったろう。ちゅ、と軽く吸いついた後に、数馬が思わず震える指で鈴の腕を摑むと、鈴はすぐに離れた。

安堵したが、心のどこかで物足りなさも感じている。心臓は早鐘を打ち、鈴を抱き締める腕が戦慄《わなな》いてしまう。

「おいらね……早く、大きくなるからね」

鈴は数馬の厚い胸に顔を埋め、うっとりとそう囁いた。抗《あらが》えぬ眠気が、鈴の上に訪れたようだ。

(この、いたずら狐め……)

鈴はいつでも、数馬を翻弄《ほんろう》する。想像しない行動で数馬を仰天させ、そしていつも最後にその愛らしさで煙に巻くようにして、数馬を決して怒らせない。

行灯を枕元《まくらもと》にたぐり寄せ、火を消して布団へ入る。数馬自身もかなり気疲れしていたので、鈴の体温につられるようにして、瞼《まぶた》を閉じた。

一時危うかった衝動もどうにかやり過ごし、数馬は穏やかな心地を取り戻す。

何も知らなかった鈴にひとつずつこの世の中のことを教えていくのは、なんとも言えぬ喜びがある。

鈴の規則正しい寝息を聞きながら、数馬は我知らず、眠りに落ちた。腕の中に妖狐の少年を抱いて眠ることになるなどと、去年の自分が知ったらどう思うだろうか、と想像して、愉快な気持ちになりながら。


だが、翌日の目覚めは、眠ったときと反して、ひどく自己嫌悪に陥るものだった。

疲れのためか、口吸いのためか、何かひどくみだらな夢を見たような気がする。おそらく、ずっと自分で慰めていなかったためもあるだろう。それが、鈴のあの甘えるような口吸いに刺激されてしまったに違いなかった。

目が覚めたとき、股間に違和感を感じた。勃然《ぼつぜん》としたそれを、腕の中に抱いた鈴の太腿《ふともも》へ、無意識のうちに擦りつけていたのである。

（しまった……！）

幸いなことに、鈴はまだ眠りの中だった。数馬は慌てて飛び起き、厠《かわや》へ行き、手早く処理をした。

（おれとしたことが……）

いよいよ、これはもういけない。数馬はそのときを悟り、観念した。

その日数馬は、「今日は少し遅くなる」と言って、家を出た。

何も知らぬ鈴は、いつも通り、「いってらっしゃい」と言って数馬を見送る。

冴島道場に到着すると、道場主の冴島源次郎は、一目で数馬の様子がおかしいことに気がついた。

「数馬よ。何かあったか」

「冴島先生……いえ、某はいつもと変わりなく」

「変わりないことはないだろう。平生のおぬしとは違い、何やら、荒々しい気に満ちておるぞ」

幼い頃から数馬に剣を教えてきた源次郎には嘘はつけない。しかし、そのわけを打ち明けることもできず、数馬はただかぶりを振った。

「冴島先生。今日は、思い切り厳しく稽古をつけていただきたい。おれは、この心身を叩き直したいのです」

「ふん……免許皆伝のおぬしを鍛えるには、なかなか骨が折れるのう」

すでに自分の道場を持っていてもおかしくはない腕前の数馬である。立場も教わる側ではなくすでに指導する側であり、源次郎はゆくゆくは数馬にこの道場を譲るつもりで、表立った指導もこの一番弟子に任せっきりなのだ。

源次郎は門人の中でも腕の立つ数人を呼び、立て続けに数馬と手合わせをさせた。真剣ではないものの、一対一の勝負は神経をすり減らし、気力を消耗する。しかし、今の数馬には、そうやって己の肉体をいじめ抜くことが肝要なのであった。

＊＊＊

出がけに告げたように、数馬の帰りは遅くなった。

鈴が腹を空かせぬようにと、昼餉もお八つも多めに作っておいたが、やはり鈴は飢えて数馬の帰りを待ち侘《わ》びているだろう。

「今帰ったぞ、鈴」

声をかけると、内側から戸締まりを外す音がする。

中へ入って、数馬は少し足をもつれさせ、畳にあぐらをかいた。

数馬は酔っていた。酒に強い数馬だが、あえて今日はいつも以上に酒を飲んだのだ。

上機嫌な笑みを浮かべながら、数馬は箱膳の上へ買ってきたものを広げてやる。

「お前の好きな稲荷寿司をたっぷりと買ってきてやったぞ。気に入っていた鰻の蒲焼きもだ。団子もある」

一昨日日本橋で鈴が美味しいと言ったものばかりを買ってきた。鈴を喜ばせたい一心だった。

しかし、どういうわけか、鈴は部屋の隅っこへうずくまって数馬をじっと見上げるだけで、食い物に寄りつこうともしない。いつもならば、食いしん坊の鈴は一も二もなく飛びついて食べ始めるくせに、今宵ばかりはいつもと様子が違っていた。

数馬の胸に、怪しい影が差す。

「どうした。何をそんなに拗ねている。今日は遅くなると言っただろう」

「どこへ行っていたの」

強張《こわば》った声が、数馬の顔を引き攣《つ》らせた。

「変なにおいがする」

「に、におい……だと?」

「おいら知ってる。これ、女のにおいだ」

数馬は愕然《がくぜん》とした。

（なぜ、わかるのだ）

あえて、化粧の薄い女を選んだ。廓《くるわ》で過ごした時間は短い。それでも念を入れて、料理屋で女のにおいを消すために、酒をたらふく飲み、酒気を体に纏った。

それなのに、鈴は気づいた。やはり、狐だ。においを誤魔化すことはできないのだろう。

それでも、数馬は虚しく言い繕った。

「す、鈴……違うぞ。勘違いだ」

「そんなことない。女だ」

「そもそも、お前は女のにおいなど知らぬだろう？」

「知ってるよ」

鈴は言い切る。

「おいらを閉じ込めていたあいつが、おいらを遊女にしてやるとか言って、おかしなのをたくさん塗ったことがあるんだ。白粉だの、紅だのって言ってた。嫌なにおいだ。おいら、よく覚えてる」

数馬は衝撃を受けた。

（そんなことまで、していたのか）

一月の間だ。他にも様々なやり方で鈴を弄んだことだろう。

それを想像して、数馬のこめかみに太い血管が膨れ上がる。握りしめた拳がぶるぶると震えた。

柳田左門は数馬が斬って殺した。だが、左門が鈴の肉体の上に残した記憶は消えない。鈴の純潔は、あの男にすべて奪われてしまった。

そのことが、何度でも数馬を苦しめる。色褪《いろあ》せぬ憤りに、恋する若い青年は呻吟《しんぎん》した。

「数馬、女を抱いたんだな」

鈴は重ねて訊ねる。

もはや、どんな言い訳も立ちそうにない。数馬は項垂《うなだ》れた。

「ああ……そうだ」

「どうしてさ！」

鈴は大きな目いっぱいに涙を溜めて、数馬にむしゃぶりつく。ちりん、と足首で鳴る鈴の無垢な音が、数馬を責めているように聞こえる。

「どうして女を抱くのさ！　おいらのことは抱かないくせに、どうして！」

「おれは、お前を閉じ込めたあの男と同じものに成り下がりたくないのだ……」

「同じなんかじゃない！　数馬は数馬だ！」

鈴は必死で言い募る。

「おいらが子どもだからだめなの？　おいらが小さいから？　でもおいら、少しだけど大きくなってるよ！」

「何を馬鹿な……」

「ほら、ちゃんと見てよ！」

鈴は腕を広げてみせる。

すると確かに、これまでちょうどよかった着物の袖が、少し短くなっているのである。

（まさか）

数馬は目を瞠った。酔って頭がおかしくなっているのかと思った。

だがよくよく見てみれば、確かに鈴は最初に出会った頃よりも、少しだけ大人びている。

あの桜が満開で少し散り始めていた大川の墨堤で、泥棒と罵《ののし》られ、殴られていた鈴。

一月の間行方不明となり、赤坂の柳田邸で見つかった、しどけない格好の鈴。

それらの鈴と比べて、今、目の前にいる鈴は、明らかに成長していた。

「そんな……馬鹿な」

毎日共に過ごしているために、気をつけて見なければわからなかった。

人間では考えられぬほどの早さで、鈴は大きくなっていたのである。

「おいら、数馬のために、一生懸命大きくなろうとしたんだ」

鈴は悩ましげな目つきをして、呆然としている数馬の胸にしなだれかかる。

「本当はね。数馬の精気を貰うのも、そのためだったの。もちろん、耳や尻尾を引っ込ませる助けにもなったけれど、もう少しでなんとかなりそうな気はしていたんだ。でも、おいら早く大きくなりたかったから、数馬の精気を貰ってた」

「人の精気が……妖狐の成長を早めるというのか」

「人間の精気が何よりのごちそうだって、言ったでしょ？　それを毎晩貰っていれば、おいらの体は普通よりも早く、だんだん大人になっていく。いずれ、おいら兄ちゃんみたいになるのさ」

「兄さんのように？」

数馬はふと、鈴が自分を追い越し、早く老人になってしまうのではないかと妙な焦りを覚えた。

「お前の兄さんは……一体、どんな姿をしているんだ」

「兄ちゃん、数馬とそんなに変わらないように見えるよ。おいら、まだたった一つだけれど」

尻尾が増えていくの。ただ、長い年月を生きていれば、
妖狐はある一定の姿に達すると、それ以上老いることはないようだ。その代わり、尻尾

が増えていくものらしい。

数馬は、鈴の成長への驚きで、酒の酔いも吹っ飛んでしまい、どうすればよいのかわからなくなった。

「数馬。もう女を抱かないで」

どこか恨みがましい目つきをして、鈴は呟く。

「女じゃなくて、おいらを抱いて」

「し、しかし……少しくらい大きくなったとはいえ、お前はまだ……」

「おいらが、もう我慢できないんだよ」

鈴は熱っぽい目をして囁く。数馬はごくりと唾を飲んだ。

「数馬は前に、おいらがあのおかしなお侍にされたことは、本当は好き合う者同士がすることなんだ、って言ったよね」

「あ、ああ……。言った」

「おいら、数馬が好きだよ。出会った頃よりずっと。助けてくれたときより、もっと。今、数馬がすごく好きだよ」

「鈴……」

少ない語彙《ごい》の中で、鈴は懸命に自分の想いを伝えようとしている。それがその言葉の端々から数馬の心へ温かく流れ込み、溢れそうなほどの愛おしさが胸に満ちていく。

「兄ちゃんへの好きとは違う。おいら、兄ちゃんには抱いて欲しいなんて思わないもの。おいら、数馬ともっとくっつきたいんだ。夜一緒に眠るだけじゃなくて、もっとたくさん、抱き合いたいんだ。数馬が他の人と抱き合うのは嫌だ。女を抱いて帰ってくるのは嫌だ。数馬がおいらよりもたくさん他の誰かと抱き合うなんて、嫌だ！」

「ああ……鈴。お前、そんなにも……」

体だけではなく、鈴は心も次第に成長していたらしい。

ただひたすら食べ物に執着し、好き、嫌いの大雑把な感情しか持たず、ただの無邪気な子どもとしか見えなかった鈴が、今嫉妬《しっと》の情を告白している。

「口を吸って、数馬。おいら、数馬とたくさん口吸いがしたい」

「ああ……わかった」

もう、数馬は己の情動に抗わなかった。

ここまで鈴に言わせておいて、自分は最初の決心にこだわってその心を無下にするなど、できなかった。

「鈴……」

数馬は鈴の細い体を抱き締め、口を合わせた。顔を傾け、その唇の中へ舌を差し込むと、鈴は甘く吐息して、恍惚《こうこつ》として数馬の舌を吸った。

「はあ……数馬……」

「ん……、こら、噛むんじゃないぞ……」

「わかってるってば……いくらおいらが数馬を好きだって、食べたりしないよ」

鈴はくすくすと笑いながら、数馬の口にむしゃぶりつく。

食べ物や精気に関してもそうだが、鈴は自分の欲望にとても正直だ。恥じらいという感情はまだ覚えていないものらしく、鈴は自らの欲のきざしすら隠そうとしない。

「数馬……見て、これ」

ひとしきり口吸いを味わって、糸を引きながら顔を離すと、鈴は赤い顔をしながら着物の裾を捲り、隆起した下帯を露わにした。

「おいら、数馬との口吸いだけで、こんなになっちゃった」

鈴の下肢を見せつけられて、数馬はカッと頬を熱くする。

「お、お前……そんなふうに、大胆過ぎるのは考えものだぞ……」

「どうして？　おいら、数馬のも見たいよ」

「ば、ばか。焦らなくたって、すぐに見られる。そう、口にするな……」

これでは、まるで数馬の方がうぶな小娘のようである。

（本当に、けものだな、鈴は……）

きっと鈴は人前で裸になっても気にしないのに違いない――けものがそうであるように。奔放で、自由で、思ったことを何でも口にし、何も考えずしたいことをし、よく笑い、よく食べ、よく動く。

これまではそんな行動のすべてが子どものものだと思っていたが、これはよく考えてみれば、けものの性質なのだろう。

「数馬のこと、もっと触りたい。いい？」

「ああ、いいぞ。おれも、鈴を触りたい」

「触って、いっぱい。おいら、数馬に触られたいよ」

こんなふうに思ったことのすべてを口にされながらの情事など経験がなく、それが妙に興奮を煽って、数馬は鼻血でも噴いてしまいそうだ。

ただでさえずっと我慢をしてきた鈴との情交なのだ。数馬こそ、口吸いだけでもどうにかなってしまいそうだったのに、鈴に「見せて」「触って」「口を吸って」などと幼い言葉でねだられては、もう頭の中が真っ白になってしまう。

昂《たかぶ》るあまり震える指で鈴の帯を解き、着物を脱がせる。あんなにもたくさん食べているものはどこへ行ってしまうのかと思うほどの痩軀《そうく》だが、骨張っているというのではなく、弾力のある柔らかな肉がなめらかに骨の上についていて、触れれば指先のわずかに沈み込むような感覚が不思議である。

もはや、歯止めは利かなかった。数馬は息を荒くしながら、鈴を布団の上へ押し倒し、そのいたいけな体に口づけを繰り返した。

「ん……ふあ」

ふわ、と鈴の乳首へ数馬の唇が触れると、柔らかだったそこはすぐにしこって勃《た》ち上がる。敏感な体が可愛くて、数馬はちゅうと音を立てて乳頭を吸った。

「はあ、ああ、数馬……」

鈴の声が高くなる。細い腰をくねらせ、数馬の頭を両腕で抱え込む。

「心地いいか、鈴」

「うん、うん……いいよ。吸って。もっと吸って」

言われるままに、数馬は鈴の右の乳首に舌を巻きつけ、扱《しご》き、しゃぶる。左を指で優しく愛撫《あいぶ》しながら、つんと固くなったその感触を楽しんだ。

鈴はひくひくと震えながら、あ、あ、と可憐な声で喘《あえ》いでいる。そのなまめかしい声音だけで、数馬は達してしまいそうなほどだった。

窮屈そうだった下帯を取り払い、ふるりと震えたものが数馬の目に晒《さら》される。

桜色の愛らしいそれは、とても自分と同じ男のものとは思えなかった。

「鈴は、こんなところまで可愛いな」

「ん……おいらも、数馬の、見たい」

「少し待て。まずお前のものを可愛がってやる」

数馬は愛おしげに鈴を頬張った。「ひゃうっ」と甲高い声を上げて、鈴は薄い胸を上下させる。

「あ、あ、数馬……そんなにされたら、おいら、すぐ出ちゃう」

「いいぞ、出せ。我慢するな」

「あん、あ、あ、数馬あっ」

数馬は無遠慮に鈴を口の中で扱き立てる。

男のものへの奉仕の仕方など知らぬが、火のついた数馬は欲望のままに鈴を味わっていた。可憐で愛らしいとはいえ数馬と同じ男の持ち物だ。どこをどうすれば心地よいのかは自《おの》ずとわかっている。

頬を窄《すぼ》めて全体を絞り、亀頭《きとう》のくびれに舌を巻きつけて刺激する。

(鈴のものだと思うと、美味い……塩辛いかと思ったが、何やら甘いような味さえする)

それは、数馬の興奮した頭のせいなのか、それとも鈴が妖狐であるせいなのか。小さな鈴口から溢れる先走りは仄かに甘く、数馬は夢中になってそれを啜《すす》った。

「ああっ、あ、数馬、出る、出ちゃうよっ」

「ああ、出せ、たくさん出せ」

「ひあ、はああ、あ、あ……っ！」

鈴はびくんと体を弓なりに反らし、射精した。

数馬は口内に注がれたそれを飲み下してしまいたかったが、手の平にとろりと吐き出し、それを使って鈴の尻を解《ほぐ》し始める。

まだ射精後の余韻でぼうっとしていた鈴は、数馬の太い指がぬるりと尻の狭間《はざま》へ入る感触に、うう、と呻いた。

「あ、あ……数馬……」

「痛くはないか？　鈴」

「痛くない……いっぱい拡《ひろ》げて……早く数馬が欲しいから……」

鈴の、この思ったことをそのまま口にする無邪気さが、あまりにも直接的な誘惑となって数馬を煽る。

「ああ……おれも、早く入れたい、鈴……」

もはや飢えたけものである。数馬は逞しい胸板をはあはあと盛んに上下させながら、鈴の腰の下に枕をあてがい、熱心に菊門の中で指を蠢かせた。

鈴に怪我《けが》などさせたくなかった。自分との情交で、鈴に快楽を覚えて欲しかった。

無理やり攫われ、強姦《ごうかん》され続けた経験しかない哀れな鈴に、好き合う者同士の、交わりの快さを味わって欲しかった。

「はあ、はあ、数馬、もう、いいよお……」

「いいや、もう少し……」

鈴はいとけない雄しべを再び実り立たせ、時折震えて喘いでいる。ここを拡げられるのが心地いいのか、と数馬は内心驚いている。同時に、そんな感覚を覚えさせた柳田左門への憤りが、数馬の肉体を激しく燃え上がらせた。

陽物の根元あたりにあるしこりを転がすと、鈴は殊更甘く、切羽詰まった声を上げる。ここがよいのか、と指を増やしながらこりこりと刺激してやると、鈴は高い声を上げて、ぴゅる、と先走りを噴いて身悶《みもだ》える。

「はあ、もう、入れて、入れてよお、数馬」

「む……、そろそろ、いいか」

鈴のねだる声がひっ迫し始め、数馬もそろそろ我慢の限界だった。

着ているものをすべて脱ぎ、臍《へそ》につくほど反り返ったものに己の唾をたっぷりとなすりつけ、ぽっかりと口を開けた鈴の菊門へ先端を押し当てる。

「ゆっくり、入れるからな……辛《つら》かったら、必ず言うんだぞ」

「うん、うん、大丈夫、大丈夫だから」

早く早くとせがむ鈴の声に急き立てられ、数馬は鈴に覆い被さる格好で、ぐ、と腰を進めた。

「はあっ……！」

鈴が大きく叫ぶ。亀頭がずぷりと呑み込まれる。

数馬はその締めつけのきつさに、すぐに出してしまいそうになり、うう、と呻き、歯を食いしばってこらえた。食いちぎられてしまいそうな強さである。

「す、鈴……、大事ないか、鈴」

「う、うう、いいよお、いいから、全部、頂戴《ちょうだい》」

「あ、ああ……」

ゆっくりと腰を沈めてゆくと、はああ、と感極まったような声で、鈴が鳴く。

ぐち、みち、と粘膜の押し開かれる音がこぼれ、数馬は一気に貫いてしまいたいのを必死でこらえて、じりじりと時間をかけて、ようやく奥まで押し込んだ。

「ふう、ふう……、ああ、お前の中は、熱いぞ、鈴……」

「ああ……数馬の、すごい……おっきくて、弾《はじ》けそう……おいらの中、数馬でいっぱいだ……」

汗を浮かせ紅潮した頬を緩めて、鈴はうっとりと微笑んだ。その凄艶《せいえん》な微笑に、数馬のものがぐっと強張る。

「ひゃ、ああ、数馬、動いた」

「ぐ……すまない、おれは、あまり保《も》ちそうにない……」

「いいんだよ、おいらの中に出したって」

蕩《とろ》けるような甘い声で、濡れた美しい瞳で、鈴は囁いた。

「数馬の全部は、おいらのもの……何もかも、おいらに頂戴」

「う、うう、鈴っ……」

もはや、限界だった。

数馬は鈴をぐっと抱き締め、激しく口を吸いながら、大きく腰を動かした。

「あっ、ふぁ、あふ、ん、はあっ」

鈴は数馬にその小さな口いっぱいに太い舌を押し込まれながら、小ぶりの尻いっぱいに埋まった長大な男根で抜き差しされた。

数馬に余裕は一切なく、乱暴ともいえるほどの熱烈さで腰は蠢き、じゅぼ、ぐちゅ、とあられもない水音が大きく響いた。

「ああっ、鈴、鈴っ……！」

「は、あ……」

数馬はすぐに、大きく胴震いして、鈴の中で爆《は》ぜた。

射精は、長く続いた。どぷ、どぷ、と大量の濃厚な腎水《じんすい》が鈴の中に放たれ、鈴は恍惚としてそれを味わっていた。

「あ……すごいよ、数馬……こんなにたくさん、数馬の精が……」

「う……す、すまない、鈴……」

「どうして謝るの？　ああ、美味しい。数馬の精、美味しい……」

鈴は本当に数馬の精を飲んでいるかのように、焦点の合わない目で身悶えている。赤い濡れた唇を震わせて、鈴はうわごとのように何かを呟いている。

「もっと欲しい……数馬の、もっと……」

「す、鈴……」

そのとき、数馬はあの座敷で嗅いだ、果実の熟したような甘い香りが鼻孔にしっとりと絡みつくのを感じた。

（む……？　こ、これは……）

その甘い香りを嗅いだ途端、数馬の肉体は焼けつくような激しい情欲を感じた。出したばかりの男根はこれまで以上に固く滾《たぎ》り、猛然と反り返る。

蒸し風呂に入ったように全身が汗みずくになり、濡れた眼球は血走り、浅ましい荒い息がひっきりなしに漏れ、数馬は欲望の戦《おのの》きに全身を震わせた。

「鈴……、鈴っ……！」

「あ、ひあ、数馬あっ」

数馬は鈴の白い足を抱え込み、上から深々と挿し貫いた。鈴は声にならぬ声を上げ、目を白くして、精を己の頬まで飛ばし、けものの声を上げる。

「はあ、はあ、鈴、鈴っ!!」

数馬は火だるまのようになっていた。容赦なく極太のもので鈴を犯し、熱く潤んだ粘膜を捲り上げ、腹の奥をどすんどすんと突いた。

「ああっ！　ああ、ひい、ひああっ」

鈴は恐ろしいほどの力で数馬の太い首にしがみつき、自らも貪欲《どんよく》に腰を振った。中に放った精液がぐちゃ、ぐぽ、とものすごい音を立てて掻き回され、飛び散り、情交の激しさを物語る。

二人は取り憑かれたようにお互いの唇を、舌を吸い合い、頬を舐め、睫毛を食《は》み、飽くことを知らぬように腰を振った。

「うっ！　うう、す、鈴……っ！」

「はあ……あ、数馬あ、また……ああ……」

数馬は再び埒《らち》をあける。二度目だというのに、その量は最初よりもよほど多く、鈴はうっとりと舌なめずりをしながらそれを受け入れる。

「ああ、美味しい……美味しい……数馬、もっと……」

「ああ、いくらでも、くれてやるぞ……！」

数馬の一物は、ますます反り返る。鈴の甘い香りが、数馬を狂わせている。抜かないままに数馬は鈴をひっくり返し、その細腰を摑んで、ずん、ずん、と大きな動きで突き始める。

「あああっ、お、んう、ふう、うう、数馬、ああ、すごいよおっ」

「いいか、鈴！　ここが、いいか！」

しっとりと汗ばんだ丸い尻を揉みながら、浅い場所にあるあのしこりをごりごりと亀頭のエラで小刻みに捲り上げれば、鈴はあられもない声でよがり泣く。

「あああ、あ、いい、いいのおっ、いいよお、数馬あっ」

敷布を掻き乱し、頭をうち振って快楽にむせぶ鈴に、数馬は情欲に突き動かされるままに、みっしりと筋肉のついた腰を動かした。

白い敷布の上に散った鈴の黒髪が、なまめかしい。行灯の仄赤い光に照らされ浮かび上がる白い肌が、汗に濡れて輝いている。

これが、本当にあの幼い鈴だろうか、と思うほど、数馬の下で喘ぐ少年はひどくみだらで、美しく、熟れきった果実のように蕩け、全身で数馬を貪《むさぼ》っていた。

「数馬、ああ、数馬、もっと、いじめて！　おいらのお尻を、もっといじめて！」

「ん、こうか、こうかっ！」

鈴の悲鳴のような懇願に、数馬の血は燃え上がり、こめかみに太い血管を浮かせる。

その尻を指の痕のつくほどに乱暴に揉み、激しく太いものを突き立てて、鈴の痩軀を揺すぶり立てる。

「ああああっ！　いい、いいよおっ！」

「鈴っ！　ああ、鈴！」

数馬は、もはや無我夢中である。

我慢した時間が長過ぎたのか、思いもよらぬ鈴の熟れた媚態《びたい》のせいか、最初にあれほど必死で己を諌《いさ》め、鈴を拒んでいたことが嘘のように、のめり込み、惑乱し、溺《おぼ》れていた。

「ああっ、あ、いいいぃっ！」

鈴は数馬に尻を犯され抜き、叫び声を上げて、大きく痙攣《けいれん》した。

すると数馬を咥《くわ》え込んだ媚肉がまるで意志を持ったように巧みに蠢き、数馬の太魔羅を搾り立てるように激しく蠕動《ぜんどう》した。

「うっ！　うう、鈴っ……！」

数馬は堪らず、低く呻いて、何度目かわからぬ腎水を迸らせる。

鈴は艶やかな裸身をひく、ひく、と震わせてそれを受け止め、「ああ……」と、世にも稀《まれ》な美酒を飲んだかのような、喜悦のため息を漏らした。

「数馬あ……口を……」

うつ伏せのままの鈴にねだられて、数馬が身を屈《かが》めて顔を寄せると、鈴はくるりと腰をひねって、その首にしがみつき、たっぷりと口を吸う。

数馬も夢中になって、鈴の唇の柔らかさを、歯のなめらかさを、舌の甘さを、味わった。

そうしているうちに、ようやく凪いだかと思われた欲は再び頭をもたげ、甘やかな香りもその濃密さを増し、二人は酩酊したように重なり合う。

「ああ、数馬……おいら、気持ちよ過ぎて、頭が変になっちゃいそうだ……」

「おれなど、とうにおかしくなっているぞ、鈴……。どうにも、止められぬ……」

「止まらなくたっていいよ……全部全部、おいらに頂戴……」

鈴はうっとりとして数馬の口を吸いながら、巧みに腰を蠢かせた。

汗に濡れた二人の肌がぴたりと触れ合い、まるで境目のないようにひとつのものとなって、揺れている。

数馬の火のような欲望はいつまで経っても去らず、それは息苦しくなるほどにまとわりついて、若者の肉体を燃やし尽くした。

鈴はいくら数馬の精を飲んでも満足せず、その身に無尽蔵の飢餓を抱えているかのように、何度も何度も、恋人にねだった。

いつしか夜は白々と明け始め、数馬と鈴は一睡もせぬままに、朝を迎えた。

それなのに、少しも疲れを覚えず、むしろ気力がみなぎるほどなのは、どうしたことだろう、と数馬はさすがに怪しく思う。

「数馬。風呂に入ろう」

「ああ……そうだな」

数馬は湯を立て、鈴と二人で風呂に浸かり、汗を流した。

その後台所に立ち、炊きたての熱い飯に昨日食べなかった脂ののった鰻を載せ、豆腐と葱《ねぎ》の味噌汁を作り、沢庵を刻み込んで納豆に混ぜて出すと、鈴はいつにも増して食欲旺盛《おうせい》に平らげ、数馬も朝とは思えぬほどの量を、牛馬のように食った。

「おれは、そろそろ道場へ行かなくては」

「休んじゃったらいいのに」

「そういうわけにはいかない」

笑いながらそう返すと、鈴は昨夜のみだらさが嘘のように、頬を膨らませて子どものような顔をして拗ねる。

「数馬、今日は早く帰ってくるんでしょう？」

「ああ、もちろん」

数馬はもう、女を買う必要などないのだ。

家には愛しい恋人が待っていて、数馬の作る夕餉と、その後の夜のことを楽しみにしている。

（これが、幸福というものか）

数馬はその温かで満ち足りた想いを、噛み締めた。

「おいら、いい子で待っているからね、数馬」

「ああ。行ってくる」

「いってらっしゃい」

二人は甘い口吸いを交わし、熱く目を見交わし合って、名残惜しげに別れる。

数馬は家を出て道場までの道のりを歩く間、鈴のことばかりを考えて過ごした。

（まるで、夢を見ているような気がする）

あの夜のめくるめく交わり。理性を蕩かす甘い香り。

（あれは……赤坂の柳田邸で嗅いだものだ……）

それは、鈴によれば、妖狐が弱ったときに無意識のうちに精気を欲して漂わせてしまうもののはずである。

鈴は、弱ってはいなかった。だが、数馬が鈴の奥処に精を放ったとき、鈴はもっと欲しいと言いながら、あの香りを醸し出したのである。

（人の腎水にも、精気は含まれるのか……それも、普段体から発されるものとは別の、もっと狐を酔わせる性質のものが……）

そう考えると、鈴がその味に夢中になり、あの香りを発してしまうのも頷ける。だが、一晩中精気を吸われていたはずの数馬が、左門のような状態にならず、むしろ気力が充実しているのはなぜなのだろう。まだまだ、妖狐の謎《なぞ》は尽きない。

（まったく……おれは、大変なものに魅入られてしまったようだ）

数馬は苦笑した。

その表情は、これまで以上に若々しく、生気に溢れ輝いている。

もののけの番《つがい》

（数馬は、おいらの番だ）

鈴は、そう思っている。

これまでの鈴の夢は、兄の葉《よう》のように、立派な狐《きつね》になることだった。大きなふさふさとした尻尾《しっぽ》を二本持ち、もうすぐ三本目が生えようとしている葉は、鈴にとって大事な兄であり、そして憧《あこが》れの存在でもあった。

——これから、そなたは我の弟になるのだ。

目が覚めたとき、鈴は葉の腕に抱かれて、そう聞かされた。

最初は、女かと思った。それほど葉は繊細で美しい顔立ちをしていたのだ。

白の生絹の水干《すいかん》に緋袴《ひばかま》を穿《は》いて、夜のように黒い髪は後頭部に一束にまとめられ、瓜《うり》実顔《ざねがお》の肌は透き通るように白く、筆で一筋引いたような唇は真紅だった。

——そなたは我が作ったものだ。我は、そなたの父であり、そして兄なのだよ。

葉の声は不思議に心地よく鈴の胸に届いた。白銀の立派な二つの尾に包まれて、恍惚《こうこつ》としながら、鈴は何も疑問を覚えることなく、こっくりと頷《うなず》いたのだ。

鈴の最後の記憶は、雪の積もった寒い山の中で、母親や兄弟たちとはぐれて、人間の仕掛けた罠《わな》に足を挟まれ、薄れゆく意識の中で家族を呼び続けるという、辛《つら》く寂しいものだった。

だから、葉の温かな腕の中で、弟になれと言われ、鈴はとても嬉《うれ》しかったのだ。

（いつか、兄ちゃんみたいになりたい。綺麗《きれい》な真っ白な毛並みになって、たくさんの大きな尻尾を持って）

葉は東国三十三国の数多《あまた》の狐たちの頂点に立ち、大晦日《おおみそか》の夜には王子の葉の山に狐たちが集う。皆が葉にひれ伏す様を、幼い鈴は驚きを持って見つめていた。

他の場所や大陸へ行けば、もっと長く生きた、もっと立派な狐もあるのかもしれない。だが、少なくとも鈴にとって、兄の葉は最も強い、素晴らしい狐なのだった。

葉は、鈴が無邪気で愚かであることを愛した。永遠に近い妖狐の寿命の中で、時が経てば鈴もいずれ人以上の叡智《えいち》と力を身につけてゆく。ゆえに、葉は生まれたての無垢《むく》な鈴を、できるだけゆっくりと見守りたかったのだ。

だから、葉は鈴に何も教えなかった。手中の珠《たま》と愛《め》でられ、鈴は何も知らぬままに生きてきた。この世に悪意があることも知らずにいた。葉の従える狐の中にも、悪い狐があることは知っていたけれど、それが自分に降りかかってくるなどと、鈴は知る由もなかったのだ。

「わしはな、貴様のような狐に親を取り殺されたのだ」

あのおかしなお侍はそう言った。その狐は、鈴のようなあまり江戸では見ない格好をしていたらしい。だから、少し風変わりな衣装を着た少年と見るや、鈴を攫《さら》い、狐であることを白状させ、復讐しようとして、あの座敷に閉じ込めた。

鈴は毎日泣いて暮らした。男の囁《ささや》く恐ろしい言葉に、きっととても痛くて苦しいことをされて殺されるのだろうと思い、絶望していた。

いっそ、葉の言いつけの通り、人里になど下りねばよかったとも思った。葉が眠りについたとき、鈴は寂しくて堪《たま》らなくなり、覚えたての変化《へんげ》の術を使って、山を下りてしまったのだ。

(兄ちゃん、助けて。数馬、おいらを見つけて)

心の中で、毎日お願いをした。もう悪いことはしません、わがままも言いません、おとなしくいい子にしています、と誓って、一生懸命お祈りをし、助けを待っていた。

すると、本当に数馬がやってきたのだ。

鈴はあまりのことに最初は信じられず、夢かと思った。けれど数馬に抱き締められて、その熱い体温を感じて、ああ、これは本当のことなのだ、とようやく実感できたのだった。葉の、「人里は恐ろしいところだから、決して近づいてはならない」という言葉は、鈴の中にとっくりと染み入っていた。

けれど、その恐ろしい人里で、鈴は一人だけ、優しい男を見つけたのだ。

(数馬とおいらが出会ったのは、おいらたちが番だからだ。数馬は、おいらのものなんだ)

数馬は何くれとなく鈴の世話を焼いてくれた。江戸を見物する最中に、命を懸けて鈴を助けてくれた数馬を見たとき、鈴ははっきりとそう感じた。

鈴は、最初から数馬を好いていた。葉とはまた違った種類のものだが、数馬は美しい顔立ちをしていたし、立派な尻尾はなかったけれど、立派な体つきをしていて、何より鈴にとても優しかった。

それなのに、ひとつだけ言うことを聞いてくれない。鈴を抱いてくれない。

鈴は、好き合うもの同士ができるというその行為を数馬とできないのが、悲しかった。

鈴を子ども扱いしている数馬の気を変えさせようと、急いで大きくなろうとした。

そのために吸わせてもらった数馬の精気はあまりにも美味で、鈴は自分が急速に狐としての力を身につけていくのを感じていた。

しかし、数馬の腎水《じんすい》は、さらに美味《うま》かった。筆舌に尽くし難いほどに、鈴を酔わせた。

（おいら、あれがないと、もうきっと一日だって我慢できやしない）

生命の源である腎水は、精気の塊だ。それを体内に受け入れることは、ただ肌を合わせているときの何倍にもなる。

あの男に無理やり犯され、精を食らわされていたとき、鈴は嫌で嫌で仕方がなかった。数馬のもののように美味いともまるで思えぬし、それが自分の一部になってしまうことも耐え難かった。

だから鈴は、無意識のうちに、早く左門を弱らせてしまおうと、その精気をやたらめったらに剝《は》がしていった。そして左門は理性を失い、食事も断ち、急激に痩《や》せ細っていったのだ。

数馬との交わりの最中、鈴は貪欲《どんよく》に数馬の精を欲したが、鈴はかつての幼い鈴ではなく、その扱いを心得ていた。鈴は数馬から極上の精気を受け取るのと同時に、妖狐《ようこ》の力を数馬に授けていたのである。

「数馬あ。おいら、もう飽きちゃったよお」

「そう言うな。これは、お前がここで生きていくのに必要なことなのだぞ」

数馬はここのところ、暇さえあれば鈴に学をつけさせようと、文字などを教えている。文机《ふづくえ》の前にきっちりと正座をさせられ、握ったこともない筆を持って、鈴は不器用に文字を書かせられていた。

「もう……。こんなことしなくったって、数馬が全部読んだり書いたりしてくれるからいいじゃないか」

「おれはな、お前を少しでも立派にしたいんだ。お前は体は大きくできるが、知識は自分で学ぶにも限りがあるだろう。今は兄さんが眠っているのだから、それを教えてやれるのはおれだけじゃないか」

「えー。だけど、兄ちゃんもこんなこと、できるのかしらん」

「当たり前だろう。おれの知っている妖狐という生き物は、それはそれは賢くてな。昔は帝の寵愛《ちょうあい》も受けて、国を傾かせるほどの力を持っていたのだぞ」

「それ、悪い狐じゃないか」

「だが、それほど博識であった、ということだ。だからお前も……」

「あーん！　もう、こんなの握っていたくないよお！」

鈴は癇癪《かんしゃく》を起こして筆を放り投げる。正座も崩して、畳の上に寝そべってしまう。元々じっとしているのが苦手な鈴だ。しかも勉学となれば、退屈過ぎておかしくなってしまいそうだった。

「あっ、こら、鈴！」

「おいら、どうせ握るなら、こっちの方がいいなあ」

鈴は素早く数馬に身を寄せて、小さな手で数馬の股間《こかん》を着物の上からぎゅっと握る。

数馬はびくんと反応して、顔を真っ赤にして舌打ちをした。

「ぐっ……、この……！」

「数馬、いいだろ？　ちょっと休憩しようよ。ね？」

そのまま緩急をつけてやわやわと揉《も》みしだくと、そこはすぐに芯《しん》を持って固くなる。

数馬の息が荒くなる。こうなってしまえば、もう男が抗《あらが》えないことを、鈴は知っている。

「数馬、固くなってきた。出さないと、切ないね」

「お、お前のせいだろうが……！」

「おいらが手伝ってあげる」

鈴は数馬の着物の裾《すそ》を開いて、下帯を突き上げているものを、その脇《わき》の隙間《すきま》から取り出した。蒸れこもった雄の体臭が敏感な鼻孔を包み、鈴はごくりと唾《つば》を飲んだ。

「美味《おい》しそ～。食べちゃおっと」

「す、鈴、こら……」

怒る声に力がない。大きく口を開けて先端をすっぽりと包み込むと、頭上で熱い息が漏れる。

（数馬の、大きいなあ……太くって、長くって……カチカチで、毛がもじゃもじゃで……）

数馬の魔羅《まら》を吸っているうちに、鈴はその濃厚な精気を感じて、早くも酩酊《めいてい》状態に陥る。自分を監禁したあの男にこんなことはさせられなかったし、したくもなかった。けれど、数馬の陰茎は心ゆくまで味わいたいと思ってしまう。

黒々とした叢《くさむら》に手を埋《うず》めて幹の根元を扱《しご》きながら、ちゅぽちゅぽと音を立てて先端をしゃぶる。食欲のために唾液《だえき》が溢《あふ》れて止まらず、濡《ぬ》れた音も大きくなってしまう。

（数馬のここ、気持ちよくて、好き……）

亀頭《きとう》の大きく張り出した笠《かさ》を軽く前歯に当てて愛撫《あいぶ》する。ここであの魔羅の付け根のこりこりとした場所をいじめられるのが好きだった。

（ここであそこをぐりぐりされると、頭っから雷さまが落ちたみたいに気持ちよくって、前が突っ張って、すぐに白いのが出ちゃう……ああ、これ、欲しいなあ。美味しいの、いっつも、お尻《しり》にたくさん欲しいなあ）

鈴が執拗《しつよう》に先端ばかり愛撫していると、数馬の魔羅はいよいよ固く、血管を浮かせ、太くそそり立つ。この大きなものではらわたの隅々まで掻《か》き混ぜられたいという欲求が、こらえ切れなくなってくる。

数馬は優しく鈴の小さな頭を撫《な》で、掠《かす》れた声で囁く。

「く、鈴……無理をするな……疲れたろう……」

「ん、ふう、疲れてなんかいないよ……数馬の、美味しいよ……」

「そ、そんなことを、言うな……」

「なんだか、おいらも欲しくなってきちゃったなあ」

咥《くわ》えたままもごもごと喋《しゃべ》るので、幾度も鈴の歯が当たるらしい。数馬はびくりと腰を引いて、わずかに顔を歪《ゆが》めた。いくら道場で肉体を鍛えようとも、この部分だけはどうしようもないのが男である。

「す、鈴……少し痛い……嚙《か》まないでくれ」

「ん……ごめんらはい」

「う……だから、そのまま喋るなよ……」

鈴は数馬を無視してそのままくぽくぽと喉《のど》の奥まで陰茎を入れてその味を楽しみながら、着物をからげて尻をいじった。

そこはまだ柔らかく、昨夜《ゆうべ》の情交の名残を残している。鈴の細い指など、すぐに三本は入ってしまいそうだった。

「数馬……。おいらのここ、まだ柔らかいよ」

ようやく魔羅から顔を上げ、鈴は赤い顔で数馬にねだる。

「昨夜たくさんしたから、まだとろとろなんだ……ね、入れてよ」

「むう……す、すまない。やり過ぎたか」

「やり過ぎなんかじゃない。おいら、もっと欲しいんだよ」

貪欲な鈴の食欲は底なしだ。だが、鈴の力に染められているとはいえ、いくらでも勃起《ぼっき》してしまう数馬の精力も相当のものだった。

「数馬、おいら、このまま上に乗っていい？」

「こ、こら、するのなら、すぐそこに布団が……」

「我慢できない。早く欲しいの」

鈴は近くにあった行灯《あんどん》を引き寄せ、油皿の中の油を数馬に塗りたくってしまう。そして、すぐさま下帯を解き、数馬の脚を跨《また》ぐと、性急に腰を落とし始める。わずかな抵抗の後に、ぶちゅんと音を立てて中へ埋まってしまい、数馬はその締めつけに歯を食いしばった。

「んはあっ……」

「くっ……、お、おい、鈴……」

「ああ……数馬のだあ……」

すでに鈴は魔羅の虜《とりこ》になっている。その太さに尻が拡《ひろ》げられる感覚だけで、鈴は前から間断なく先走りをこぼしていた。

座って向かい合いながらの交わりはまだ経験がなく、鈴はその新たな快感に全身を朱に染めて悶《もだ》え抜く。

「あ、いい……すごい……いいところに、当たるよお……」

固く反り返った数馬のものが、鈴の好きな場所をちょうどよく刺激するのだ。

鈴は浅く挿入したまま、そこばかりを盛んにぐりぐりと擦《こす》りつけ、大きな声で喘《あえ》いだ。

「ああ、いい、堪んないよ、数馬の魔羅、美味しいよお」

「く、う……まったく、お前は、本当にけものだな……」

欲望の唆すままに思うさま腰を振る鈴を見て、数馬は紅潮した頰《ほお》を緩める。

鈴は、こういうときの数馬の顔が好きだった。自分ではあまりよくわからないが、鈴にはだいぶ人とは違うところが多いらしく、そのたびに数馬は驚き、ときには怒りながらも、最後には「本当に、お前は仕方がない」と笑って呆《あき》れ、許してくれるのだ。

親に存分に甘えられぬまま死んだ鈴は、自分を甘やかしてくれる、包み込んでくれるような数馬のすべてが大好きだった。大きな体も、温かな手も、濃い体臭も、太い魔羅も、すべて自分のものにしたいと思っていた。

「はあ、ああ、いい、いい……っ」

「もう、出そうなのか、鈴……」

目の前の数馬の顔が引き攣《つ》る。鈴も、自分で中を締めつけてしまうのがわかる。快感が頂点に近くなると、鈴の中は激しく魔羅を搾り立て、貪欲にその精を欲してしまうのだ。締めつけるほどに、中の数馬の大きさをつぶさに感じる。こんなに太いものが出たり入ったりして、自分の中を擦っていると思うだけで、鈴は堪らなくなるのだった。

「ひい、はあ、ああ、いい、いいっ」

鈴は無我夢中で腰を振る。感じるほどに大きく張り膨れる快感のしこりを、何度も何度も数馬のあの亀頭の笠で捲《めく》り上げる。

数馬が呻《うめ》き、中の男根が固く張りつめる。鈴の目の前が白くなる。

「はあっ、はあっ！　いい、出ちゃう、出ちゃうよおっ」

「す、鈴っ……く、ああっ」

二人は固く抱き合い、同時に達した。腹の中を腎水で満たされ、体の芯に精気の焔《ほむら》が迸《ほとばし》る。

「あ……あぁ……」

鈴は口を丸く開けたまま、涎《よだれ》を垂らし、陶然として数馬の精を味わった。

何度飲み込んでも、飽きはしない。むしろ、飲むほどにもっと欲しくなる。

数馬は優しく鈴の髪を撫でながら、小さく笑った。

「本当に、満足そうな顔をするな、鈴……」

「ん……。だって、本当にすごいんだもん……お尻の中に、花火が上がってるみたい」

「おれの精は、そんなにも美味いのか……」

「うん……美味しいよ……数馬はおいらの番だから、だからこんなに美味しいんだよ」

「番？」

数馬は妙な顔をして、そしてすぐに破顔した。

「お前は、本当にどこまでもけものだ」

「なんだよ。数馬は、おいらの番が嫌だって言うの」

「そうではない。番という言い方は、人間はしないものだ」

「じゃあ、なんて言うのさ」

すると、数馬はにわかにううむと唸《うな》って考え込む。

「男同士では言わないとは思うが……番に相当する言葉は、夫婦《めおと》だろうなあ」

「めおと……」

それは、おかしな響きを持って、鈴の中に溶け込んだ。

「なんだか、ふわっとした音だね。すぐに消えちゃいそうだよ」

「なに。そう聞こえるか」

数馬は大きく笑い声を上げた。

「まあ、確かにそうだな。つがい、という響きよりは、薄いように聞こえるな」

「そうでしょ？　だから、番の方がいいんだよ、数馬」

「ふふ……確かに、そうかもしれん」

数馬は優しく鈴の口を吸い、汗ばむ尻を撫でた。

「おれと鈴は番、か……」

悪くないな、と呟《つぶや》いて、鈴の番は微笑《ほほえ》んだ。

＊＊＊

夢のような日々が過ぎていく。だが、二人きりの甘く平穏な生活は、あまり長くは続かなかった。

ある日突然、数馬の兄、藤馬がこの家を訪れた。数馬は鈴を慌てて押し入れの中に隠したが、鈴はなぜ隠れなければいけないのかわからない。

だがすぐに、そのわけがなんとなく理解できるような、妙な雰囲気が座敷から滲《にじ》んでくる。

「数馬。お前、女があるそうだな」

兄を招き入れ、茶を淹《い》れた数馬に対して、藤馬は開口一番にそう言った。

数馬の答えはない。唐突な問いに、不意打ちを食らった形だった。

（おいら、女じゃないぞ）

鈴はそれを不満に思ったが、何があっても出てきてはいけないと言われているので、一生懸命我慢した。

「お前が人を斬《き》った後、荒ぶる姿を見られたくないと、しばらく家を空けることはこれまでもあったな」

「はい……」

「そんなときお前は、いつもどこかへ旅に出ていたはずだ。だが、今回は家を借りているという。どうもおかしいと思っていたのだ。なかなか戻ってこぬと思ったら、そんな者を引き入れていたとは……今はここにはいないようだが、出かけているのか」

はい、と痰《たん》の絡まったような声で数馬は答える。

「し、しかし、兄上……。お、女とは、な、何故《なにゆえ》……」

「おれでなくともすぐわかる。ここのところのお前は、随分と浮かれていたからな」

数馬はやや沈黙して、小さな声で、「さようで、ございましたか」と恥ずかしげに呟いている。

（数馬、今、どんな顔をしているの）

押し入れの暗闇《くらやみ》の中で、声だけを聞きながら、鈴は数馬の顔が見たくて堪らなかった。きっと赤くなって、可愛《かわい》い顔をしているに違いないのだから。

「兄上。正直にお話しいたします」

数馬は一転して、改まった声を発した。

「某《それがし》は今、故あってあの子を預かっているのです。時期が来たら、あの子は里に帰るでしょう。それまで、身を隠していなければならぬ事情があるのです」

「ほう……？」

「ですから、どうか、このことはご内密に……」

藤馬は少しの沈黙の後、「数馬、よく聞け」と静かに口を開く。

「お前に女があるらしいという噂《うわさ》は、すでに殿のお耳にも届いている」

「な、なんですと」

数馬の声が、ほとんど裏返っている。空気がピンと張りつめるのがわかる。

（殿？　殿って、お殿さまだよね。お殿さまにばれるのが、なぜいけないの）

それの何がまずいことなのか、鈴にはよくわからない。

だが、数馬の狼狽《うろた》えぶりを聞いていると、とてもよくないことのようである。

「殿は、これまで色恋沙汰《ざた》のなかったお前の惚《ほ》れた女を、ぜひ見てみたいと仰せだ」

「と、殿が……なぜ、そこまでして……」

「さてな。あの変わり者の殿のことだ……おれにも、あの御方が何を考えているのかは、とんとわからぬ」

兄の藤馬の声も、どこか悲しげに沈んでいる。

「だが、万が一……のことも、あるやもしれぬ。覚悟をしておけ。殿は、家臣の女を奪うほど意地が悪いとも思えぬが……」

数馬は、答えなかった。

藤馬はその後すぐに家を去り、鈴はようやく押し入れの中から解放された。

「鈴……すまなかったな。こんな場所に閉じ込めて」

「ううん、別に、いいけれど……」

藤馬が帰った後の数馬の顔は、明らかに悄然《しょうぜん》としていて、元気がない。

「数馬。大丈夫？」

「ああ……」

「おいらを、そのお殿さまに見せに行くの？」

鈴が訊《たず》ねると、数馬は一瞬で顔色を変え、激しくかぶりを振った。

「いや、いや！　断じて、それだけはいかん……！」

「それじゃあ、どうするの」

数馬は沈思した。腕を組み、真剣な表情で空中を見据え、口元を引き結んでいる。

(こんな数馬の顔、初めて見たなあ)

鈴は呑気《のんき》にも、そんなことを考えていた。

鈴はいつも、数馬の顔をじっと見ている。大好きな数馬の顔の色んな表情を見るのが、
鈴は気に入りなのだ。笑った顔、困った顔、怒った顔――鈴は、数馬のすべてが知りたかった。

ややあって、数馬は何かを決心した様子で、顔を上げる。

「よし……代わりの女を立てよう」

「へ？　どういうこと」

「これが自分の女だと偽るのだ。お前を連れてゆくわけにはいかぬ」

「数馬！」

鈴は途端に、畳を蹴《け》って立ち上がる。

数馬は呆気《あっけ》にとられて、鈴を見た。怒りに、肩が震えている。

「数馬は、また女を抱くのか！」

「ち、違う！　そうではない！」

数馬は慌てて鈴の腕を掴《つか》む。

「振りだけだ。演じるのだ。そうでもせねば、納得せぬ御方なのだ」

「振りだけ……？」

「ああ、そうだ」

まあ座れ、と数馬は鈴を宥《なだ》め、茶を勧める。

「どうやら殿の耳に入った噂は、おれに『女』がいるというものらしい。それならば、実際にお前の姿はまだ見られていないのだ。それを利用する」

「だけど、どうしてそんなことをしなくちゃいけないの？」

鈴は不満げに唇を尖《とが》らせる。

「おいら、別に構わないよ。そのお殿さまは、おいらの顔を見たいって言ってるだけなんでしょう？」

「それは、そうだが……」

数馬は苦しそうに口をぎゅっと曲げて、低く呻く。

「……とにかく、お前を他人に見せるわけにはいかないのだ。すまないが、しばらくは江戸の散策も控えなければならぬ」

「ええー。おいら、せっかく耳と尻尾が引っ込んだのに……」

「また、窮屈な思いをさせてしまうな……。だが、そうでもせねば、あの御方は、きっと……」

数馬はそこから先を、どうしても話してくれようとはしなかった。

何か色々と事情があるらしいのに、鈴にそれを教えてくれないのは、まだ鈴をただの子どもと見ているからなのだろうか。

そう思うと、鈴はひどく歯がゆくなって、なんとかしてもっと成長したいと願ってしまう。

（おいらだって、数馬の力になりたいのに……）

番は、二人でひとつだ。二人一緒に、力を合わせてこの世の中を生きていかなくてはいけないのに、鈴は何もかも数馬に任せきりのような気がして、つまらなかった。

「何ごともなく無事にことを終えられたら、二人で旅に出よう。な、鈴」

拗《す》ねた鈴の機嫌をとるように、優しい声で数馬が提案する。

旅と言われても、鈴にはピンとこない。鈴がこれまでに歩いた距離と言えば、王子稲荷から向島《むこうじま》までの二里と少しばかりの道のりだけで、旅という旅はもちろんしたことがないからだ。

「旅？　旅って、どこへ行くの？」

「そうだなあ……お前は十返舎一九《じっぺんしゃいっく》など知らんだろうが、町人に人気の滑稽本《こっけいぼん》があってな。あれに倣って東海道五十三次を回ってみるか」

当然、鈴はそんな大層な名前など知らない。

「なあに、それ。何か美味しいものがあるのか？」

「ああ、そうだ。日本橋から出て、川崎《かわさき》、小田原《おだわら》、浜松《はままつ》、桑名《くわな》などを経てな……京へ上るまでの道中では、それぞれの場所での美味い名物がたらふく食えるぞ」

「本当？　どんなの？」

「うん、小田原宿ではやはり、ういろうという菓子が有名かな。鞠子《まりこ》では芭蕉《ばしょう》も句に詠んだとろろ汁が美味いらしい。名古屋の辺りはお前の好きな稲荷寿司発祥の地と言われているし、桑名は焼き蛤《はまぐり》だな。草津《くさつ》名物にはうばが餅《もち》なんてものがあるぞ。あんころ餅の上に砂糖が載っているやつだ」

「食べたい、食べたい！　今すぐ行くっ！」

「こら、今すぐは無理だろう？　そう急《せ》くな」

　本当にお前は、食い物のこととなると目の色が変わるなあ、と、数馬は呆れたように笑う。

　ようやく数馬の笑顔が見られたような気がして、鈴は内心ほっとした。

「おれは、食い物もいいが、お前とゆっくり温泉に浸《つ》かりたいものだなあ。箱根《はこね》辺りで……いっそ熱海《あたみ》で一月ほどのんびりしてもいいかもしれんな」

「あんまり退屈なのは、おいら、嫌だよ」

「はは、それもそうだな。おれも、あまり長く湯に浸かっていては、剣の腕が鈍《なま》ってしまうな」

　それでも、旅のことを計画する数馬は楽しそうで、そんな数馬の顔を見ていると、鈴も嬉しくなってきた。

　数馬と二人きりで行く旅路。それは、一体どんなものになるのだろうか。

　まだ見ぬ土地と、たくさんの名物の味を想像して、鈴は幸せな心地になった。数馬と一緒に、色々なところへ行ってみたい。どこまでも、二人で歩いていきたい。数馬となら、どんな場所だって、どんなことだって、きっと楽しいから。

数馬は翌日、その殿のところへ行ってくると言って、朝早くから家を出た。

おそらく、昨夜語っていた通り、どこかで女を用立てて、これが噂の自分の女である、と言って『殿さま』に見せるつもりなのだろう。

（数馬の番は、おいらなのに……）

自分が姿を見せるのはよくないことなのだと理解はできても、鈴はなんだか面白くなかった。どうして、数馬はそんなに自分を隠したがるのだろうか。もう耳も尻尾も消えて、見た目には普通の人間と変わらないようになったはずだのに。

鈴は一人、畳に寝転んで拗ねていた。

すると、少し前に出ていったはずの数馬がもう帰ってきたのか、戸を叩《たた》く音がするではないか。

（数馬、お殿さまのところへ行くのを、やめにしたのかな）

それとも、気が変わって、やはり鈴本人を連れていくことにしたのかもしれない。

そう思うと嬉しくなって、鈴は飛び起きた。

「数馬！」

喜色満面の顔で戸を開くと、そこには見知らぬ男たちがいた。

＊＊＊

ゆらり。ぷらり。とろり。

生温《なまぬる》い湯の中にいるような、とろりとした粘膜に包まれているような、おかしな感覚。目を薄く開けたとき、鈴は何やらまだ夢の中にいるような、微睡《まどろ》みの中にいた。

（ここ……どこなんだろう……）

ぼんやりと考えてはみるものの、上手く頭が働かない。頭の中に重い餅が被《かぶ》さってくるように不自由で、何もかも、考えることが億劫《おっくう》だ。

ゆらり。ぷらり。とろり。

――この女が、某の女にござりまする……。

（数馬……？）

遠くに、何か薄い膜を隔てた向こうに、数馬の声が聞こえるような気がする。

ということは、ここは例の殿さまの屋敷なのだろうか。けれど、なぜ鈴がそんな場所の声を聞くことができるのか。

――ほ、そうか。気だての良さそうな娘じゃのう、数馬よ……。

――は。有り難きお言葉……。

――名は、なんと申すのだ……。

――お菊《きく》、と申します……。

――どのようにして、出会うたのじゃ……。

――某の馴染《なじ》みの蕎麦《そば》屋の、新しく入った女中でござります。生まれは堺《さかい》だそうで、江戸へ来たばかりと申しまして……某が、一目惚れを……。

――そうか、そうか。いや、わしはただのう、そなたの恋する相手が見てみたかったのじゃ。すまぬのう……。

数馬と、誰《だれ》かが話をしている。聞き覚えのない相手の声は、きっと殿さまのものだ。

鈴はぼんやりと二人の会話を聞きながら、どうにかこの膜の向こうへ行けぬものかと、緩い意識の中で手足を動かそうとした。そしてそのとき初めて、自分の体が頑丈に縛りつけられていることを知ったのである。

――数馬、よう連れてきてくれたな。わしのわがままを聞いてくれて、わしは嬉しいぞ……。

――某にできることであれば、なんなりと……。

――そうか。では……。

そのとき、目の前を覆っていた黒い影が、取り除かれた。

取り除かれたはずであるのに、目に映るものはぼんやりとしていて輪郭を成さず、鈴は自分が本当に湯の中にでも沈められているのだろうか、と思った。

「これを、わしにくれぬかのう。数馬」

「す、鈴……っ！」

仰天し、激しく狼狽える数馬の声が響く。

（数馬、どうしたの……？　何を、そんなに驚いているの……？）

鈴に状況は何ひとつ把握できぬ。しかし、数馬が悲痛な声を上げているのは、嫌だった。その膝《ひざ》に乗って、慰めてあげたかった。

「かず、ま……」

「ほう、喋ったか。まだまだ子どもの妖狐じゃと思ったが、狐封じに抗うとは、なかなか力はあるようじゃのう」

この殿さまは、鈴が狐であることを知っているらしい。それは理解したが、狐封じ、というものを鈴は知らなかった。それを使われて、自分は今こんな湯の中にいるのだろうか。もがいても、出られないのだろうか。

「数馬。これは、そなたが左門の屋敷で見つけてきた狐じゃな？」

数馬が、小さく肯定する声が聞こえる。

「やはり、のう。何もおらぬはずはないと思うておった。最後に見えた左門の体からは、わずかだが妖狐の香りが匂《にお》ったからのう」

嫌な声だ、と鈴は思った。優しく、静かであるのに、まるで獲物をじわじわとなぶって殺すけもののような酷《むご》さが滲んでいた。

「わしを謀《たばか》ったことは許してやろう。じゃが、その子と引き換えじゃ」

「と、殿……し、しかし……」

数馬の息が荒い。ひどく気が乱れている。

それに反して、殿さまの方は、冷たいくらいに落ち着き、静かだった。

「数馬。そんなにその子が大事か」

「は、はい……」

「では、そなたの家族はどうじゃ。兄は。母は。父は」

一瞬、場が静まり返る。

数馬の荒い呼吸だけが聞こえてくる。

「大事か？　家族が」

「──はい……」

「それでは、わしに逆らわぬことじゃ。のう、数馬」

殿さまの声は、とても優しかった。けれど、柔らかな響きがないのはなぜなのだろう。まるで温度のない鉄か氷か、遠くに浮かぶ雲のように味気ない。

「この子の名前は、鈴、というのじゃな」

殿様の声が近くなる。

すう、と頬を撫でられて、鈴はわずかに感じる精気が、無味無臭のものであることを感じ取った。

「鈴。これからは、わしがそなたの主人じゃ。共に暮らし、共に生きようではないか。のう？」

嫌だ、おいらは数馬と暮らすんだ──そんな声は、当然鈴の喉からは出てこない。

ただ、遠くに数馬のすすり泣きを聞いた。

（数馬……数馬が、泣いてる）

数馬の泣いたところなど、これまでにただの一度も見たことがない。

（数馬の泣いてる顔、見たいな……。涙の雫《しずく》を、舐《な》めとってあげなくちゃ）

──だっておいらは、数馬の番なんだから。

そう思ったのを最後に、ふっつりと鈴の意識は途切れてしまった。

＊＊＊

まるで、夢を見ていたようだった。

だが、あれは夢ではなかったのだと、鈴は目を開けた瞬間に悟った。

そこは、見知らぬ場所だった。鈴はなめらかな絹布団の上に寝かされ、上等な夜衣に体をくるまれ、横たえられていたのだ。

今度ははっきりと目が開き、五彩の絵の描かれた豪奢《ごうしゃ》な天井が目に入る。

「ここ……どこ……？」

わかるのは、数馬の家ではないということだけだ。慌てて飛び起きてみれば、周囲には何やら見たこともないような金ぴかの箪笥《たんす》や、蓮《はす》をひっくり返したような形の妙な蠟燭《ろうそく》立てや、天鵞絨《ビロード》の真っ赤な垂れ幕や、不思議な地図の描かれた球体や様々なものがあり、とにかくぎらぎらとしていて妙なものばかりが目に飛び込んできて、鈴は一層動転した。

「数馬……数馬、どこお!?」

布団を飛び出して、このおかしな部屋を出ようとする。けれど、よく見てみれば、ぐるりと翡翠《ひすい》色の頑丈な格子で囲まれていて、出られぬようになっているのだ。

鈴は、部屋と見まごう大きな檻《おり》の中に閉じ込められていたのだった。

「な、何なんだよお、ここはっ……」

鈴は泣きながら格子を摑もうとした。しかし、指先が触れただけで尋常でない熱さを感じ、悲鳴を上げて飛び退《すさ》る。

「おお。その格子に、触れてはいかんぞ、鈴」

鷹揚《おうよう》な声に、鈴ははっと息を吞《の》む。檻の外から、のんびりとやってくる一人の男があった。顔つきは優しげだが、その目つきがどこか冷たい。整った顔立ちをしているのに、鈴はあまり好きとは思えぬ造作だ。

何よりも、その姿は見たことのあるものだった。黒の紋付袴を着て、腰に大小の刀を差している。

(お侍だ)

鈴はぎくりとした。自分はまた、侍に捕まってしまったのか。

「狐封じの呪《まじな》いじゃ。よう見てみい。格子に護符が貼《は》ってあるじゃろう。それがな、妖狐のそなたには毒であるらしい。触らぬが身のためじゃ」

「お、お前……」

朧《おぼろ》げに、聞き覚えのある声だった。冷たくて、静かで、遠い声。

数馬を、泣かせていた声だ。

「お前、お殿さまだな！」

「信綱じゃ」

「えっ？」

「わしの名はのう、信綱じゃ。お前でも、お殿さまでもない」

鈴が怒っているのがわからないのか、それとも自分の方が怒っているのか、男はまるで見当違いなことを言う。

けれど、その妙な雰囲気に鈴も思わず呑まれてしまい、突如発した怒りは、行き場を失って散り散りになってしまった。

「聞こえなかったかな？　信綱、じゃ」

「の、信綱……」

「うむ。いかがした、鈴」

ようやく会話が成立する。鈴は勢い込んで信綱に向かって訴えた。

「おいらを、ここから出してよ。おいら、数馬のところへ帰らなくっちゃ」

「ふうむ。それは聞けぬ頼みじゃ」

「ど、どうしてさ！」

「そなたは、すでに数馬のものではなく、わしのものなのだからな」

いけしゃあしゃあとわけのわからぬことを言われて、たちまち鈴の頭に血が上る。

「おいら、ものじゃないぞ！　おいらは数馬の番なんだ！」

「数馬の、番？」

信綱は目を丸くし、次いで弾《はじ》けるような笑い声を立てた。鈴は、なぜ信綱が笑っているのかわからない。

「あっはっは！　これは愉快。妖狐の番が、人間とな」

「そうさ。数馬はおいらの番だって、おいら決めたんだから」

「そもそも、妖狐が人を愛することができるのかのう……」

「できるに決まってるだろ！」

疑われることの悔しさに、鈴は地団駄を踏んで声を荒らげる。

「おいらは数馬が大好きさ。数馬の母ちゃんや父ちゃんや兄ちゃんよりも、おいらが数馬をいちばん好きさ」

「ふむ……なるほどのう」

「数馬だっておいらをいちばん好きなんだ。だからおいらたちは番なんだ。好き合ってンだから、当然だ！」

　鈴が怒って捲《まく》し立てると、信綱はただ小さく頷きながら、静かな眼差《まなざ》しでじっと鈴を見つめている。

「そなたはわしの知っている妖狐とは随分違うが、実に面白い。これから、わしに色々なことを聞かせておくれ」

「な、なんだよ、色々なこと、って……」

　この男は不気味だった。最初に鈴を拉致《らち》したあの侍のように復讐のためでもなく、数馬のように無償の優しさというわけでもなく、ただ話が聞きたいと言う。

「わしはのう、妖狐にとても興味があるのじゃ。古今東西、この世のありとあらゆる珍しきものに興味をそそられてきたが、妖狐だけは特別じゃ」

「な……なんだってそんなに、狐がいいんだよ」

「それはおいおい話すとしよう。ひとまず、腹が減ったのではないか？」

　そう言われてみると、空腹のような気がする。常に数馬の作ったものを食べているか、数馬自身を食べているかしている鈴なので、こんなにも長い時間、腹に何も入れていないというのは、ひどく久しぶりのような気がした。

「減ってる、かもしれないけれど……」

「それでは、わしが、他では味わえぬ、とびきりの食事を用意してやろう」

「ここから出してくれるの！」

「いいや。膳《ぜん》をここへ運んでこよう。膳、というものは、この料理には使わぬのだがな」

もしかするとこの檻の中から出してもらえるかもしれないと思っていた鈴は、ひどく落胆した。もし出られたのなら、すぐにでも逃げ出してしまおうと思っていたからだ。

（それに、この檻の中、なんだか妙だ……）

狐封じの護符が貼ってあると信綱は言っていたが、確かに体中の感覚が鈍くなって、妖力が押さえ込まれているような感じがする。普段は体の周囲を巡っているものが、体の中に押し込められて、身動きが取れなくなっているのだ。

鈴は、このような感覚を味わったことがなかった。

（信綱は、狐のことが聞きたいなんて言っているけれど、おいらよりもよっぽど狐に詳しいんじゃないのかしらん……）

そんな男が、まだ生じたばかりの自分の話を聞いて、面白いのだろうか。

疑問に思ったが、まずは食事をとらせてくれるというので、鈴はそのことを思い出し、ますます腹が減ってきた。

やがて、嗅《か》いだこともないような濃厚な香りが辺りに満ち始める。文机よりももっと脚の長い黒檀《こくたん》の卓子に、次々と妙な料理の盛られた大皿が載せられてゆく。

「さあ、鈴よ。それに座るといい」

「こ、これ……？」

信綱も檻の中に入ってきて、卓子よりももっと小さな四本脚の真っ赤なものを指差す。

「それはな、南蛮の腰かけじゃ。南蛮では、それに座り、この大きな卓子の上で食事をとるのじゃ」

「南蛮……」

もちろん、鈴は南蛮になど行ったことがない。それがどこにあるのかも、確《しか》とはわからない。まさか座るものだと思っていなかったそれに怖々と腰かけると、脚が浮いて、妙な心地である。背を凭《もた》せかける板のついた腰かけになど初めて座った。

「これも、南蛮の料理なの」

「そうじゃ、そうじゃ。南蛮の料理はな、わしが長崎の出島に遊んだ折りに初めて味わったものじゃが、大層面白い味がしてな。江戸へ戻ってからも忘れられなんだが、蘭学者《らんがくしゃ》にその料理の作り方に詳しいものがいてのう。呼び寄せて、教えを請うたのじゃ」

そなたは、その箸《はし》で食すがよい、と言いながら、信綱自身は何やら妙な銀の器具を使って、奇天烈《きてれつ》な料理をすいすいと切り分けてゆく。

「こ、これは、何なの？」

「それは『ぶるうどる』という。豚の肉を細かく切って、丸めて焼いたものじゃ。油は日本の料理とは違い、動物からとる油で調理する」

「ど、動物から!?」

「何をそのように驚く」

信綱はおかしそうに笑う。

「数馬は連れていってはくれなかったか？　山くじらなどという看板を出している店は、猪《いのしし》の肉を出す料理屋じゃ。けものの肉を売っている店は色々あるぞ」

「け、けものの肉を食べるのか……」

「珍しいことでもない。将軍家など元旦には毎年兎《うさぎ》の吸い物を召し上がる。巷《ちまた》でも鳥や、猪や、鹿も食うぞ。豚肉もじゃ。怖がることはない、それ、食うてみよ」

鈴がそれでも怖《お》じ気《け》づいているのを見て、信綱ははたと思い至ったように微笑した。

「安心せよ。狐の肉は入っておらぬ」

「う、うう……」

鈴は怖々と箸を伸ばす。茶色いとろみのある汁をかけられた『ぶるうどる』という肉料理は箸を入れると案外柔らかく、恐る恐る口に入れてみれば、すぐに解《ほぐ》れて肉汁が広がり、美味かった。

信綱は興味津々の眼差しで、鈴が食べる姿を見守っている。

「どうだ？　美味いか？」

「う、うん……美味しい」

「それはよかった、よかった。それ、こちらのにんじんも食うてみよ。ばたあという、けものから作った油で焼いたものじゃ」

鈴は後から後から出される南蛮の料理に舌鼓を打ち、珍しいためか、常ならば大人の倍は食べるものを、すぐに腹いっぱいになってしまった。

もういらない、と鈴が言うと、信綱は皿をすべて下げさせ、真っ赤な長椅子《ながいす》へ鈴を移動させ、自らも隣に腰を下ろし、『ろおい・うぇいん』という赤ぶどうの酒を金の杯に注いで勧めてきた。

「さて……それでは、そなたの話を聞こうとするかの」

「おいらの話なんて……なんにも面白いことないよ」

「妖狐の話がつまらないわけがないではないか。そなた、随分幼いようだが、そなたを育ててくれた者があるのか？」

それは、兄の葉に他ならない。

けれど、数馬を相手にするのと違って、信綱にはなぜかあまり自分のことを語りたくないと思う鈴である。

(だって、なんだかおいらの中を全部見透かすみたいな目をしているんだもの……じろじろ、深いところまで弄《いじ》られている感じだ。裸にされた方がまだましだよ)

「どうした、鈴。なぜ黙っている」

「信綱は、おいらの話を聞いてどうするんだ」

思わず、鈴はそう訊ねた。

信綱はあまりに不気味で、童子のような鈴でも、どうしても信用することができない。自分をこうして数馬から奪ったことや、妖狐の話を聞きたがるその理由が、知りたかった。

信綱はじっと鈴に酔眼を据えた後、ふうと酒臭い息を吐いた。

「わかった。それでは、わしの方から話そう」

やや冷たい雰囲気が和らいだように思うのは、信綱が酔ったからか、それとも、鈴を油断させるためか。どちらかわからぬものの、鈴は少しだけ安心した。暴力をふるってでも白状させようとしているかと思っていたが、そうではないとわかったからだ。

「わしにとって妖狐が特別なのはな。昔、わしが妖狐を捕まえたことがあるからじゃ」

「狐を……捕まえたの？」

「そうじゃ」

信綱は頷き、遠くを眺める眼差しになる。

「もう、二十年以上前のことになるかのう。当時、わしは体が弱かった。お忍びで行った箱根で湯治をしていてな。そのときに、世にも美しい青年が、わしの浸かっている湯船に入ってきたのじゃ」

信綱の酔った目が、夢見るようにうっとりと細められる。

「今思い出しても、あの輝く皮膚、墨のような黒い髪、真紅の唇は、まるで極楽から舞い降りた天女のようであったなあ。天女といっても、その者には立派な魔羅がついておってな。男であったのじゃがな」

「それが……どうして狐とわかったの？」

「それがのう。その者は、大層な病を患っておった。毒を飲まされたと言っておってな。それを少しでも癒《い》やしたいとここへ来たと言っておった。じゃが、本当は狐狩りの験者に追いかけられておったのじゃな。途中で術をかけられて、弱っておったようじゃった。その夜、わしの部屋へ来て、どうにか匿《かくま》ってくれと言うのじゃ。わしが身分ある侍と知って、そこならば験者も入ってこれまいと思ったのじゃろうな」

「狐狩りの、験者……？」

「そなたのような幼い狐ならば無害じゃがな。世の中には、悪いことをする狐もたんとおるのよ。美女に化けて人を騙《だま》したり、幻術にかけて金品を盗み、呪いで殺したりとな。そういう好き放題の悪事をする狐らを狩る者も、当然おる」

それを聞いて、鈴は怯《おび》えた。

（兄ちゃんが人里は危ないと言っていたのは、お侍のことじゃなくて、本当はそういう人たちのことだったのかな……）

鈴が恐怖に縮こまっているのを見て、信綱は笑った。

「そう怖がるな。その者らは普段山にこもって修行を積んでおる。そうそう町中に出てくることはない」

「ほ、本当に？」

「ああ。それに、そなたが悪いことをしでかさない限り、そう無闇に退治しようとすることはないはずじゃ」

「それじゃ……その、信綱が出会った狐は、悪いことをしていたのかな」

「おそらくそうなんじゃろうな。じゃが、わしにはそんなことはもうどうでもよかった。わしはその狐に惚れてしもうたんじゃ。いや、もしかすると、その狐がわしを利用するためにそういった術をかけたのやもしれぬ」

　信綱はさもおかしそうにくつくつと笑う。

「それからのわしの行動は、その狐も予想しておらなんだ。わしはその験者と交渉をしてな。頼むから、あの狐を殺さんでくれと言い、その代わりに、自分が永久にあの者を閉じ込めておいてやると言った。そのための呪いの道具を譲って欲しい、とな」

「えっ……それで、その験者の道具で、狐を捕まえたってこと？」

「その通りじゃ。まあ、それも結局は、わしの精気を吸い尽くして妖力を得た狐に破られてしまったのじゃがな」

「精気を……よく、生きていられたね」

「うむ。加減をしてくれたのかの？　今となってはわからぬ。じゃが、愛《いと》しい狐が去った後も、わしのこの恋の病は去らなんだ。これは、狐の術のせいではなく、わしが本当にあの狐を愛してしまったせいなのじゃな」

「信綱……」

　信綱は、鈴に『人間を愛する妖狐があるのか』と訊ねた。それは、かつて見《まみ》えた妖狐が自分を愛してくれることなどなかった、という過去があったからなのだろうか。

「今この檻に貼ってある護符は、それとはまた別のものじゃがの。わしも研究を重ねて、もっと強力な狐封じの道具を手に入れたわけじゃ」

「まだ、その狐を探しているの……？」

「うむ。そなたならば、何か知っておるかと思ってのう」

「悪いけど……おいら、生じたばっかりで何もわからないよ」

鈴は少しだけ信綱に同情し、自分のことを正直に話し出す。そんなにも長い間、たった一匹の狐を探し求めている信綱が、いじらしく思えたからだ。

「おいらを育ててくれたのも確かに狐だけれど、兄ちゃんはすごく強い狐だから、信綱に捕まった狐とは違うと思う」

「ほう……。その者は、美しいか？」

「もちろん、綺麗だよ！　兄ちゃんは強くて綺麗で、狐の中の狐なのさ」

「ふむ……」

信綱は考え込み、鈴を見て、再び考え込み、またじろじろと鈴を観察する。

「そなたも、また恐ろしく可憐《かれん》で美しいからのう……あの者の面影があるような気もするが……狐というものは、皆こうなのやもしれぬなあ……それならば、美しいというだけでは、どうにも、のう……」

何かをぶつぶつと呟き、鈴が隣に座っていることなど忘れてしまったかのように、信綱は自分の考えに没頭している。

　鈴は苛立《いらだ》ちを覚え、羽織の袖を軽く引いた。

「ねえ、ねえ、信綱」

「ん？　なんじゃ？」

「おいらのこと話したんだから、おいらを数馬の家に帰してよ」

「……何もそんなに焦らずともよいだろう、鈴よ」

　信綱は作ったように美しい笑みを浮かべる。

「数馬にも伝えてあるのじゃ。いずれ返してやるとな。じゃが、今しばらく、ここでわしと話をしていてくれぬかのう」

「本当に……？　数馬にも、そう言ってあるの？」

「ああ。そうじゃ、そうじゃ」

「それなら……少しだけ……」

　鈴の心配事は、ただ数馬のことのみだった。

（あのとき、数馬は泣いていた……今も一人で泣いていたとしたら、おいら、苦しくて苦しくて、死んじゃうよ）

　数馬が泣くのを初めて見た鈴は、気が気ではなかった。

優しくて、強い数馬。そんな数馬が涙をこぼしてしまうのだから、鈴がいなくなることはよほど悲しいことなのだ。

数馬の側《そば》に行って慰めてやりたい。その気持ちは、離れている時間が長くなるほどに大きくなる。

「今宵《こよい》はともかく、体を休めることじゃ。護符は剝がしてやれぬが、触れなければ無害なのだからのう」

酔って足下のおぼつかなくなった信綱は、側仕えの者に支えられて檻から出ていく。

一人きりになった鈴は、どうすることもできずに、部屋の中をうろうろと歩き回った。

檻の外には誰もいないが、その向こうの襖《ふすま》を隔てた外に、微《かす》かに見張りの者がいる気配がある。妖力を封じられていても、狐としてのけものの感覚は生きていた。嗅覚《きゅうかく》や聴覚は人以上に鋭いのだ。

（どうしよう……この檻には触れられないし……何か、この護符を剝がす方法はないのかなあ……）

鈴は一生懸命首をひねって考えてみるが、まるで何も思いつかない。

しまいには頭が沸々と煮え立つように熱くなってきて、「うわー！」と声を上げて、長椅子の上に突っ伏してしまう。

（だめだ、こんなんじゃ……おいら、いつ数馬の家に帰れるか、わかんないよう……）

鈴はひどく悲しくなって、一口も口をつけなかった赤ぶどうの酒に手を伸ばす。

少しだけ口に含んでみると、仄《ほの》かに甘く、ぶどうの香りがして、悪くない。ペロペロと舐めるように過ごしているうちに、鈴は次第に眠たくなってきた。

（あーあ……本当は、いつもなら今頃は数馬の布団に入って、数馬と抱き合って……）

そんなことをぼんやりと考えていると、今度は体がむずむずと火照《ほて》り始める。鈴は後ろに数馬が入っているのを想像しながら、下帯の中で膨らんだ魔羅を撫でた。

「数馬……数馬……」

いくら呼んでみても聞こえるはずはないのに、いつかのように数馬のことを考えていれば助けに来てくれるような気がして、鈴は数馬の名前を呼び続けた。

一人で慰めていると数馬がいないことをより深く確かめてしまうようで、嫌なのだ。それでも、鈴は寂しくて、数馬にされているのを夢見ながら自分に触れてしまう。

珍しい南蛮の料理なんていらない。柔らかい布団も、豪華な着物も欲しくない。

ただ、数馬だけが、鈴にとって必要なものだった。

「数馬……食べさせてよお、数馬……」

声は虚《むな》しく、宙に浮いて溶けていく。

何度でも

一方その頃、数馬は一人きりになった家で、一睡もできずに暗闇の中で目を開いていた。

（どうすればいい……どうすれば鈴を取り戻すことができるのだ……）

あれから、偽りの恋人を頼んだ女には、金を渡して帰ってもらった。数度会ったことがあるだけの料理屋の女中だが、無口で利発な女だったためにこの役を依頼した。

だが、別に周囲にばれてもどうなることでもない。女は一連の騒動は目にしてしまったわけだが、妖狐を巡る悶着《もんちゃく》など、突飛過ぎて噂の種にもなりそうにないからだ。

（今頃、鈴は殿の許《もと》で何をしているのだろうか……）

鈴の寝息や、寝返りを打つたびにちりんと鳴る鈴の音が聞こえないだけで、ひどくこの家が静かに、無駄に広くなったような気がする。

今思えば、『数馬の女が見たい』などという要求も、最初からすべてが罠だったのだ。数馬が本物の相手を伴って来るはずなどないと予《あらかじ》めわかっていたからこそ、数馬が家を出た直後に鈴を攫うために動いたのだろう。

（おれが、迂闊《うかつ》だった……鈴をもっと、安全な場所へ匿っておくべきだった）

だが、いくら後悔したところでもう遅い。

数馬は信綱との最後の会話を思い出し、悶々としていた。

——そのようにこの世の終わりの如《ごと》き顔をするでない。いずれ、この狐の子はそなたに返してやるつもりじゃ。

——ほ……本当でござりますか。

——武士に二言はない。わしの目的は、この狐ではないからのう……。

あの人を食ったようなところのある殿様の言葉を、どこまで信じていいものやら、数馬は測りかねている。

（本当に、殿はいずれ鈴を返してくれるつもりなのだろうか？　しかし、だとしたらいつになるのだろう。殿の目的が鈴でないとすれば、なぜ鈴を攫っていったのか……）

疑問が尽きることはない。数馬は己の不甲斐《ふがい》なさを悔い、己を責めることをやめられない。

一度は助けた。もう決して失わぬようにと守ってきたつもりだった。

だが、結果はこうだ。自分は鈴を守り切れなかった。なんのための剣か。大切な者を守れずに、何が武士か。何が剣客か。

次第に、心の声は大きくなってゆく。鈴恋しさに、思慮深い理性が薄れ、衝動の勢いが勝ってゆく。

妖狐は研究対象であるようだが、信綱も男である。その気を起こさないとも限らない。もう二度と、数馬は鈴を他の男に抱かせたくはなかった。今こうしている間も、もしや鈴が責め苛《さいな》まれてはいないかと、ひどく不安になり、苛立ち、焦りが募る。

(こうなったらいっそ、お屋敷に乗り込んで……)

そのとき、暗闇だった家の外が、にわかにぽうっと明るくなったような気がした。

まさかもう夜明けか？　と怪訝《けげん》に思った数馬の皮膚を、一種の『殺気』がピリリと掠める。

数馬は考えるよりも先に素早く布団の下にしまった刀の柄《つか》を摑み、全身を緊張させた。

鈴がここから攫われたのは昨日のことである。家の場所は露見しているのだ。数馬の中で警鐘が鳴る。

(まさか、殿の手の者が……？　いや、しかしすでにここでの目的は遂げたはずだ。だが、この気配は……)

カタリ、と戸締まりをしたはずの戸が鳴った。

ハッとした次の瞬間には、家の中にぼうっと赤い火の塊がいくつも浮いている。

その異様な光景に、数馬は目を剝《む》いた。

（ひ、火の玉、だと……!?）

――まさか、幽霊……いや、もしや、狐火か――そう察したとき、暗闇から声が響いた。

「鈴は、おらぬな……」

「な……何奴《なにやつ》っ」

さすがに数馬は布団を蹴って飛び上がり、刀を抜いた。

暗闇にはただ宙に浮く火の玉ばかり。それが、何やら意志を持った生き物のように蠢《うごめ》き、じっと数馬を観察している様子なのだ。

「ふむ……おぬしから、鈴の妖気が濃く漂っておる。やはり、あの子はここにおったのだな」

「す……鈴を知っているのか……？」

静かな、透き通るような声だ。だが、声の主の姿は見えぬ。

しかし、狐火を操り、鈴のことを知っているとなれば、数馬には思い当たる存在はひとつしかない。

「そ、そなたは鈴の兄だな？　鈴を迎えに来たのだな？」

「ほう……」

声が甘く微笑んだ。暗闇が、ふいに渦を巻いてうねる。

ずず、と目に見えぬ空気が蠢く気配がある。数馬の目に見えぬ何かが、数馬を取り巻いているのだ。

「我の存在を、知っているか」

「く……っ!?」

キン、と鍔迫《つばぜ》り合いのような、鋭い金属音が耳元で弾けた。

突然に、数馬の体が縛りつけられたように動かなくなる。

(金縛りか!?)

刀を構えた格好のまま、数馬は彫像のように固まり、瞬《まばた》きすらできなくなった。辛うじて声が発せられるのみである。

「こ、これは……っ」

「あの子は……まだまだ子どもだ。赤子のようなものだ……」

渦を巻く暗闇の中から、すうっと白百合《しらゆり》の花のような青年が現れる。

宵闇の中で皮膚の内から発光しているような白さに数馬は目を瞠《みは》った。燃えるような真紅の水干である。闇よりも黒い髪である。その面は、まるで女性の如く。

そして、姿形は、最初に出会った鈴の着物や髪型と類似している。

「それをとって食うなどとは……人間はまことに卑小な生き物よ……だから人里などへ下りるなと言ったのに、鈴のやつめ……言うことを聞かない……」

青年は小さく囁いているような、それでいて頭に直接響いてくるような、不思議な声音を発している。

「鈴の匂いを辿《たど》ってここへ来た……向島から赤坂、そして浅草のはずれのこの場所へな……だが、また途切れてしまった……」

「鈴は……ここにはおらん、ぞ……」

数馬は動けぬままに、必死で喉を動かす。

青年はわずかに目を見開き、「ほう……」と微笑む。

「だが、これまでの場所でここが最も鈴の匂いが濃い。深く、甘やかに沈殿している……」

味わうように瞑目《めいもく》し、青年は氷のような眼差しで数馬を見る。

「おぬし、鈴を食《は》んだか」

数馬の引き攣った顔が、一層歪む。

青年は侮蔑《ぶべつ》の笑みを口元に浮かべ、むしろ哀れむように悲しげな顔をする。

「我ら狐の香りが人間を惑わすことは知っているが……あのような子どもにまで欲望を向けるとは……ますますもって救い難い……」

「す、鈴は……あの子は、成長しているぞ……」

数馬の言葉に、青年は朧月のように霞《かす》む美しい眉《まゆ》を、嫌悪に顰《ひそ》めた。

「おれのために、成長しようと、懸命になっていた……あの子は、愛を乞《こ》うる生き物だ……おれに甘えて、おれの愛を得ようとして、あの子は必死で大きくなったのだ……!」

「黙れ、人間」

青年の白磁の頬が、勢いを増した狐火に照らされて赤く染まる。

「我の鈴を汚しておいてよくもそんな口を……死んでしまうがいい」

「ぐっ……!」

手の平ほどの大きさだった狐火がたちまち業火の竜巻となり、数馬に襲いかかる。

「うあああああっ」

一瞬でその身を焼くかと思われた火の勢いに、数馬は吠《ほ》えた。

(く……鈴……!　もはや、おれは、このまま……)

ここで、朽ち果てるのか。鈴に二度と見えることも叶《かな》わないのか。

今際《いまわ》の際かと思われるその刹那《せつな》に思い浮かべたのは、やはり愛しい鈴の顔だった。あの無垢な笑顔を見ることはもうないのか――そう思うと、数馬は己の内から絶望が炎の柱となって迸るような、激しい痛みを覚えた。

そのとき、思いがけない出来事が起きた。

数馬の左腕から光が発し、数馬の体を呑み込んだ。次の瞬間、とぐろを巻いていた炎は、まるで幻だったかのように、瞬時に消え失せてしまったのだ。

「なに……」

青年は瞠目《どうもく》している。

だが、驚いているのは数馬も同じだ。しかも、金縛りが解けている。

ふと見てみると、左腕に肌身離さずはめていた力石のいくつかに、ひびが入っている。

どうやら、これが数馬を守ってくれたものらしい。

「なるほど……飯縄権現の加護か」

青年は、その力石に刻まれた梵字《ぼんじ》を見て、ふ、とため息を落とす。

「それでおぬしは鈴を食みながら、己を失わずにいたか」

「な……なんのことだ……鈴が、おれを害するわけが……」

「鈴にその意志がなくとも、妖狐は人間にとっての毒だ……いくら力を分け与え続けたとて、共に長くあれば病み衰えてゆく。だが、飯縄権現の烏天狗《からすてんぐ》は白狐《びゃっこ》を使役する神……

我らとの繋《つな》がりは深い」

確かに、飯縄権現の姿は、白狐に乗った烏天狗の姿で描かれている。

(そうか……それで、最初に出会ったときも、鈴は、おれの匂いを嗅いで懐かしいと言ったのか……)

あのときは、なんのことだかわからなかった。だが、飯縄権現を先祖代々信奉し、その祖先はかの神を祀《まつ》る山の山主であったことから、数馬の身のうちには狐に対するなんらかの親和性と免疫があったようだ。

(もしかすると、おれが鈴に惹《ひ》かれたのも、そのためなのか……?)

だが、それはわからない。少しだけ疑念が湧《わ》いたものの、数馬はすぐに考えることをやめた。自分と鈴の間にある愛情に、理由など必要ないと思ったのだ。

「何やら、気が削《そ》がれてしまったな……時間が惜しい」

青年はつまらなそうな顔をして、あっさりと背を向ける。そのまま霞《かすみ》のようにその姿が薄れてゆくのを見て、青年がここを去ろうとしているのがわかった。

危機は去ったのだ。

だが、数馬は慌てて、その後ろ姿に声をかける。

「ま、待ってくれ。そなた、どこへ行くつもりだ」

「決まっている……再び鈴の匂いを辿り、あの子のいる場所へ向かうのみ」

「おれは、そこを知っている。頼む、一緒に連れていってくれ！」

青年は少しだけ数馬を振り向いた。

その眼差しにすでに嫌悪はないが、どうでもよいという無感情な色しかない。

「勝手にすればいい……」

そう言い捨てて、再び青年は闇に呑まれてしまう。

瞬きをした後には、もうそこにはいなかった。

あまりにも常軌を逸した出来事の数々に、しばらく数馬は放心している。まさか、鈴の兄がこの家まで乗り込んでこようとは。

だがすぐに己を取り戻し、急いで身支度を始めた。

（あのままでは、すぐにでも殿の屋敷へ辿り着いてしまう……あの者、殿を殺すことになんの躊躇《ちゅうちょ》もせぬだろう）

殿は殺され、他にも多くの家臣が死ぬやもしれぬ。そして、鈴も連れ去られてしまうだろう。

数馬は転げるように家を飛び出した。まだ夜は明けていない。屋敷の者らは寝静まっているはずだ。

闇に煌々《こうこう》と光り輝く満月を睨《にら》み、最悪の展開になった、と数馬は呻いた。

＊＊＊

数馬は一里ばかりの道のりをひたすら必死で駆け続け、本郷の高尾家とは近隣の文多家屋敷に辿り着いた。

屋敷は不気味な静寂に包まれている。数馬はふと赤坂の柳田家の血なまぐさい空気を思い出し、腹にぐっと力を込めた。

(門が、開いている……)

戦慄《せんりつ》が数馬の背を駆け抜ける。やはり、あの青年はすでにここへ来ているのだ。

数馬は用心しながら、敷地内へ入った。二人、門番の男が入り口のすぐ側に倒れている。数馬はすぐに脈を確かめた。殺されたのではなく、どうやら眠っているだけのようだ。

(何か、幻術でもかけられたか……)

門番だけではなかった。いくつかの部屋を覗《のぞ》いてみたが、屋敷の中は奉公人も家来たちも誰も彼もが眠りこけており、水を打ったように静かである。時刻が時刻なので当然だが、数馬が立ち入ってもまったく目覚めず、物音ひとつ、寝返りひとつ打たないのが、何やら恐ろしい。

　鈴の居場所は、当然屋敷の表向きではなく奥向きだろう。

　数馬は高尾家の次男であり直接文多家に仕える立場ではないため、屋敷内の勝手がわからぬ。数馬が生まれる前には高尾家は文多家屋敷内の家老長屋で暮らしていたようだが、火事が起き建て替えをする際に、近隣へ新たに高尾家の屋敷を建てたものらしい。

　だが、昨日身代わりの女を連れて通された座敷にも鈴はいたのであり、鈴の匂いを辿ってやってきたあの青年は、まずその場所へも足を運ぶはずであった。

（殿……どうか、ご無事で……）

　万が一、信綱が鈴と同衾《どうきん》でもしていれば、あの青年はすぐに殿を殺してしまうに違いない。信綱は鈴が本来の自分の目的ではないと言っていたが、妖狐の力に惑わされてしまえば、人の理性などなきが如しである。

　もっとも、信綱が鈴を手籠《てご》めにしていた場合、あの青年でなくとも、自分もどうなるかわからぬ数馬ではあったが――。

　数馬が奥の座敷へ辿り着いたとき、そこには誰もいなかった。

　だが、どこか近くの部屋から、信綱らしき声を聞き、はっと息を呑む。

（皆眠っているのに――なぜ、殿だけが起きているのだ……？）

とまれかくまれ、数馬は声の聞こえる方へ向かって走り出した。静まり返った屋敷の中で、その声はひどく大きく響く。

しかし近づくに従って、数馬はその様子がおかしいことに気づいた。

常に静かで飄々《ひょうひょう》とした雰囲気のある信綱の声が、まるで別人のように浮かれ、喜びに弾んでいるのだ。それはもはや、気が触れたと言っても過言ではないほどの浮かれぶりであった。

「殿……、殿っ！」

その尋常でない空気に、数馬は焦り、声を放って信綱を呼ばわった。だが、反応はない。

長い廊下を抜け、ようやく奥まった座敷へ辿り着いたとき、数馬はその光景に呆気にとられた。

そこは奇妙な部屋である。座敷の中いっぱいに翡翠色の格子がはまり、まるで巨大な檻のようなものが鎮座しているのだ。檻の中は、信綱が蒐集《しゅうしゅう》したと思われる南蛮や大陸の装飾や家具で彩られており、五彩の鮮やかさ、眩《まばゆ》さは目も眩《くら》むほどであった。

「ああ……とうとう、とうとう捕まえた！　わしの狐よ……もう永遠に離さぬぞ！」

信綱は感に堪えぬ面持ちで、格子を握りしめ、檻の中を覗き込んでいる。

檻の中には、鈴がいた。数馬を殺そうとした青年の中に抱きとめられ、心細そうな顔をしている。

たったの一晩離れていただけなのに、その姿を見ただけで、数馬の中の血が燃えた。

「鈴……っ」

「あ……、数馬！」

鈴は数馬を認めて目を光り輝かせ、悲鳴のように叫ぶ。だが、傍らの青年に強く抱かれており、ただこちらへ顔を向けるのみだ。

そのとき、はたと数馬は気づいた。

あの青年も、檻の中にいるのだ。と、いうことは、信綱があの妖狐を閉じ込めたということだ。

（信じられぬ……殿は、あの男を捕らえたというのか……鈴の兄を……）

あの凄《すさ》まじい力を使う妖狐を――飯縄権現の加護がなければ、とうに数馬は焼け死んでいた。それに、屋敷中の人間をすべて眠らせるという術の巧みさだ。それだのに、信綱は一体どのような方法を使って、あの者を檻に閉じ込めたというのだろう。

信綱は、鈴が数馬の名を叫んだのにもかかわらず、まったくその存在に気づいていない。浮かれに浮かれ、周りが見えていないのだ。

「と……殿……」

「おお、数馬か。よう来た、よう来た」

くるりと振り返った信綱の瞳《ひとみ》は、童子のように輝いている。この場に数馬がいることを訝《いぶか》りもしない。

ただ、檻の中で無表情で鈴と抱き合っている青年を指差し、

「見よ、この狐の美しさを！　そなたの愛しい鈴は葉に比べればまだまだ幼い、幼い。この神々しいばかりの姿を、わしはこの二十年来、ずっと夢見続けてきたのじゃ……」

と手放しで賞賛している。

「あ……まさか、殿の目的というのは……」

「ああ、その通りじゃ。もしかすると……もしかすると、な。仲間の妖狐を捕まえでもすれば、葉が助けに来るのではと思うたのでな。まあ、妖狐といっても狐は狐じゃ。あやつらは狼《おおかみ》なぞとは違って単独で狩りをする。仲間を助けに来ることなどあるのか、わしにもわからなんだがな……これはまさに僥倖《ぎょうこう》じゃ。天の巡り合わせじゃ！」

信綱は数馬に聞かせているのか、ただ自分で自分を興奮させているのかわからぬような調子で、独り言のように捲し立てている。

一方、檻の中の葉と呼ばれた青年は憮然《ぶぜん》としてため息を落とす。

「何をおかしな妄言を……我はおぬしになど会うたことはない」

「何を言っているのだ葉!?」

信綱は仰天し、格子を揺すり立てもどかしげに叫ぶ。

「確かに歳月を経てわしは変わってしまったが、そなたはあの頃とまったく変わらぬままだ！　わしが見間違えるはずがなかろう！」

「知らぬと言ったら、知らぬ。狐違いぞ」

つんと顔を逸《そ》らす葉に、鈴は不安げな表情をして縋《すが》りつく。

「そうだよね。兄ちゃんがお侍に捕まったのは、おいらくらいの小さい頃なんだよね！　ちょっと前に、信綱なんかに捕まる阿呆《あほう》狐だったわけなんかないよね！　そいつは全然別の狐だよね！」

「……当たり前ぞ」

葉は無表情で答えているが、数馬にはその内心の狼狽えぶりがわかるような気がした。

それにしても、信綱の研究熱心なことには舌を巻く。とうとうこうして妖狐を捕らえてしまうほどの技術を身につけ、その二十年来という悲願を叶えてしまったのだから、内容はどうあれ、称賛に値するのやもしれぬ、とすら思う。

「殿。この檻が、妖狐を閉じ込める力を持っているのでござりますか」

「そうじゃ、そうじゃ。これは大陸の金鳳山《きんほうざん》に生える薬王樹《やくおうじゅ》という木を使って拵《こしら》えたものでな。そこへ平安の時代、九尾の狐を退治したとされる稀代《きだい》の陰陽師《おんみょうじ》の子孫に力を注いでもろうた護符をこうして貼りつけてのう。わざと結界の手薄なところを作り、そこから葉が入り込めば、後から結界が強くなり出られなくなる、という仕組みを作ったのじゃ」

わざわざ大陸の山に生えている木を運ばせたとは、感心を通り越して呆れてしまう。湯水ほどの金を使ったことだろう。家老である父が頭を抱えている図が思い浮かぶ。

信綱は数馬に説明する間も、葉から少しも目を離さない。頭の中に刻みつけようとでもするように、食い入るように凝視しているのだ。

「葉、どうじゃ。わしは成長したであろう。あのときはそなたに逃げられてしまったが、わしはこうして再びそなたを捕らえた。今度こそ、わしのものになってくれるな?」

「だから、そんな話など知らぬと言うておる」

「じゃが、そなたの名は葉ではないか!」

「名など意味もない。他の狐が我の名を騙《かた》ったままで」

「葉!　わしはそなただけを思い続けてきたのじゃぞ。正室も娶《めと》らず、無論側室も置かず、世継ぎには弟から養子を貰《もら》い、ただひたすらそなたと再び見えるためだけに研究を重ねてきたのじゃ!」

信綱は必死だ。そういえば、信綱は正室も側室も持っていなかったのだ、と数馬は今更のように認識する。殿にも困ったものだ、かつては精力的であったのに、今や女には見向きもせず、何やら怪しい書物や道具ばかりを集めておられる、と父がぼやいていたのをふと思い出した。

「そなたはわしがそなたに夢中になったのを、狐の妖力のせいだと申しておったが、それはこんなにも長く続くものなのか？　いや、そんなことはないはずじゃ。わしの想いが本物なのだと、そなたは認めてくれるであろう？」

切々と訴える信綱を、葉は無表情に眺めている。

元々、表情のあまり動かぬたちではあるようだが、その切れ長の目と絵筆で描いたような鼻や口は、冷然としてまさしく狐の面のようだと数馬は思った。

それに比べれば、確かに鈴はまだ幼い。目は丸く、黒目がちで、なめらかな頬はあどけなく、まだ赤ん坊のような、花弁の開いたような唇をして、いかにもものを知らぬ無垢な表情をしている。

それが長い歳月をかけて、あの悟ったような無表情になっていくのかと思うと、数馬は何やら胸が苦しくなるようだった。

（そもそも、おれは鈴たちほどは長く生きられぬ……おれが生きている間、鈴はさほど変わることはないだろう……）

抱き合う兄弟二人を眺めていると、鈴の本来あるべき場所は、あの兄の腕の中なのであり、自分の許ではないのか、と思い知らされるようで、数馬は切なくなった。

しかし、今再び鈴の姿を目にして、やはり譲れぬという強い思いが押し寄せてくる。鈴を連れ戻そうとする兄の葉を捕らえてくれた信綱に感謝したいほどだ。

数馬は浮かれた信綱の機嫌を損ねぬようにと、おずおずと口を開く。

「と、殿……殿の目的があちらの男であるのなら、鈴は某に返していただけるのでしょうか……」

「うむ。もちろん、それは構わぬ」

あっさりと信綱は頷いた。数馬の体をたとえようもない喜びが包み込む。

「まことにございますか！」

「わしには、葉がおればいいからのう。葉も、弟が側にいては、なかなか素直になれぬようじゃからな」

「だから、知らぬと申しておろうに……」

葉は苛立ちを隠せぬ声色で信綱を牽制《けんせい》する。

「信綱とやら。先ほどから聞いておれば、そなたはどうやら勘違いばかりをしておるようだ」

「何を申しておるのだ、葉……わしはすべてまことのことを……」

　葉はいかにも呆れたというような、深いため息をつく。

「狐違いは、まあ仕方あるまい。人間風情には我らの見分けなどつかぬであろうからな。それに、我を捕獲できたと小躍りしているのが、なんとも哀れで仕方がないわ」

「なんじゃと……？」

　信綱の顔色が変わった。

　檻の具合や護符の数を確かめ、確かに万全の備えであると考えるが、しかし葉の余裕が気にかかるのである。

「このような檻で、新たな尾を得た我を捕らえられるとでも思うたか」

「あ、新たな、尾……？」

「せめてもの慰めに、見せてやろう。我の新たな力をな……」

　凄まじい火炎が葉を中心にして放たれる。

　それは瞬く間に的確に護符を燃やし尽くし、頑丈な檻を炎に包み込む。

「あ……ああっ……？」

「それ、とくと見よ。我の三本目の尾を」

　葉の体から光が迸る。

目を焼くほどの眩い光に怯《ひる》んだ瞬間、嵐《あらし》のような突風が部屋中を荒れ狂った。

「兄ちゃん！　兄ちゃん、すごい！　三本の尻尾だ！」

鈴が興奮してはしゃいでいる。数馬がようよう薄目を開けてその姿を見ると、鈴には狐の耳と尻尾が再び出現し、葉の頭にも耳が生え、背後からは三本の巨大な白銀の尻尾が蠢き、光り輝いていた。

長い歳月をかけて作り上げた檻を一瞬で燃やされた信綱は、唖然《あぜん》とした面持ちで葉を見つめている。

「美しい……そなた、また一段と美しくなったのう……」

だがどうやら、自分の努力の結晶を破壊された悲しみではなく、葉の姿に見とれていたようだ。

葉は冷たい表情に、微かに笑みを浮かべた。その瞳には不思議と、懐かしさのような、親しみのような優しい色が滲んでいる。

「ふ……我の美しさを愛でる言葉なら、いくらでも聞いてやろうぞ。だが、我はおぬしのものにはならぬ」

炎のように激しい光を放ちながら、葉は鈴を抱いたまま、背後の闇に呑まれていく。

そのとき数馬はハッと我に返り、慌てて鈴の方へ駆け寄ろうとする。

「鈴！　鈴、こっちへ来い！」

「数馬！」

鈴は数馬の手に捕まろうと手を伸ばす。しかしその手を、葉の手が強く握りしめた。

「鈴。そなたは、我と共に山へ帰るのだ」

「だ、だけど、兄ちゃん……っ」

「我は、そなたに、人里へ下りるな、と何度も言ったはずだが？」

そもそもの言いつけを破っていたことを指摘されて、鈴の顔がくしゃりと泣きそうに歪む。

「だけど……だけど、おいら、数馬と……っ」

「話は後でたっぷりと聞いてやろう。ひとまず、ここを去る」

「お、おい……っ、待て！　待ってくれ！」

鈴を大きな尾で隠し、葉の姿は瞬く間に闇の渦に呑まれる。

残された男二人は、そこへ手を伸ばしたまま、どうすることもできずに、言葉もなく立ち尽くしていた。

「お、おお……葉……」

信綱は膝から崩れ落ち、呆《ほう》けたように空中を見つめている。

しかし、数馬の方にも、信綱を気遣う余裕などなかった。

（鈴が……連れていかれてしまった。またしても……）

あの強大な力を持った兄に連れ去られては、もう逃げ出せる見込みなど、ないであろう。

数馬は、今しがた自分の目の前にいたのに、あっという間に消えていった鈴に、自分の無力さを思い知らされた。

（ああ、これは……あの初めて出会った大川の墨堤で、鈴が逃げてしまったときと同じ……）

あのときも、再会はもうないものと諦《あきら》め、懸命に鈴のことを忘れようとしていた。初恋を失ってしまった痛みに心を震わせながらも、剣道に打ち込んでその面影を忘れ去ろうとしていた。

だが、今はあのときとはまるで違う。

数馬は知っているのだ。鈴の笑顔も、泣き顔も、怒った顔も、拗ねた顔も、喘ぐ声も、甘える声も、寂しげな声も――何もかも。

「鈴……」

呼びかけても、答える声はもうない。今頃はもう、王子の山に戻ってしまっているのかもしれない。

「鈴……」

それでも、数馬は呼びかけることをやめられなかった。呼び続けていれば、いつかあの可愛らしい可憐な声で、数馬、と返ってくるような気がしていたからだ。

＊＊＊

それから、夏が過ぎ去り、秋が過ぎ、冬になった。

数馬は相変わらず、浅草のはずれにある家で一人暮らしている。

もう匿うべき少年もおらず、隠れ処《が》に暮らすような生活はせずともよいはずだったが、数馬はまだ望みを捨て切れずにいた。

(鈴はきっと、ここへ帰ってきてくれる……。本郷の実家は知らないのだから、おれがここで鈴を待っていてやらねば、あの子はまた迷子になってしまうだろう)

侘《わび》しく一人分の食事を毎日拵えながら、数馬は待った。

鈴を失った直後は、まるで魂の抜けたようになり、しばらくは何をする気力も起きぬ有様であったが、冴島道場の後継ぎがこれでは困ると源次郎に尻を叩かれ、ようやく持ち直したのである。

一方信綱の方は、これもまたしばらくは人が変わったようにめそめそと泣き暮らす日々だったというが、間もなく復活し、さらに強力な狐封じの術を会得せんと研究に勤《いそ》しんでいるらしい。

それにしても、ここに、狐に尻の毛まで抜かれた武士が二人もいるとは、おかしなことだ。何年も長い間決して諦めることのない信綱を、笑うことなどできない、と数馬は思う。おそらく自分も、この先何年でも、ここで鈴を待ち続けるのに違いないのだから。

王子稲荷にも、幾度も足を運んでいる。それは最早日課となり、近くの茶屋や料理屋の者にはすっかり顔を覚えられてしまった。

人は、自分を「狐に取り憑《つ》かれた」と笑うだろうか。けれど、それはその通りなのだから、なんの反論もできぬ。

ふと、数馬は、信綱が葉に放っていた言葉を思い出す。

――そなたはわしがそなたに夢中になったのを、狐の妖力のせいだと申しておったが、それはこんなにも長く続くものなのか？　いや、そんなことはないはずじゃ。わしの想いが本物なのだと、そなたは認めてくれるであろう？

それに対し、葉は何も答えなかった。

人と狐はあまりにも違う。幼い鈴だからこそ、数馬に懐いたのであり、一人前の妖狐ともなれば、人を愛するなどという幻想は決して見られぬものなのだろうか。鈴ももっと成長してしまえば、数馬とのことなど、一時の気の迷いであった、と簡単に切り捨ててしまうのだろうか。

「それにしても、今宵は冷えるな……」

数馬は長火鉢へ鍋《なべ》をかけ、大根と油揚げを切ったものを出汁《だし》と醤油《しょうゆ》で煮立てて、そこへ七色蕃椒《なないろとうがらし》を振ったものを肴《さかな》にし、熱くした酒を茶碗で飲んだ。

油揚げを見ると、どうにも鈴の好きだった稲荷寿司を思い出し、目頭が熱くなる。

煮炊きをしている匂いが家の外にも漏れたのか、戸の向こうでくんくんと犬の切ない声がする。

「どうした、太郎《たろう》。また来たのか」

数馬はのそのそと立ち上がり、戸を開けてやった。隙間からするりと真っ白な犬が入ってきて、黒豆のような目をきらきらとさせて数馬を見ている。

「仕方ないな……」

数馬は苦笑して、今日炊いて余った飯に食べていた大根と油揚げをかけたものを分けてやった。太郎と名付けた野良犬は、台所の土間に陣取って、はふはふと夢中で皿に鼻先を突っ込んでいる。

ついつい二人分を作るのがくせとなっていた数馬が、余ってしまったものをやっているうちに随分と懐いてしまい、よくここへ来るようになった犬だ。すでに名前をつけてしまっているように、だいぶ情も移っている。毛並みの白いのが、鈴を思い起こさせるためもあるだろうか。

元々子どもや動物に好かれる数馬であるので、太郎の他にも猫や鳥がこの家の側をうろつくようになってしまった。まるでけもの屋敷である。

「外は寒いか？　太郎。そろそろ、白いものが落ちてきてもおかしくはないな……」

世間は師走の忙しさでどことなく落ち着きがない。王子稲荷に狐の集う大晦日には、鈴も参加するのだろうか。

季節折々の美味いものを口にするたびに、ああ、これを鈴にも食べさせてやりたい、と思ってしまう。何を見ても、何を聞いても、心に思うのは鈴ばかりであり、数馬はほとほと自分の女々しさに呆れるが、これも惚れた弱味だと諦めてしまっている。

そのとき、太郎がけたたましく吠え始めた。

「おいおい、突然、どうした、太郎」

外に猫でもいるのだろうか。あまりに太郎がワンワンと激しく吠えるので、数馬は酒の入った茶碗を置いて立ち上がる。

「外に何かいるのか？」

そう言って戸を開けると、数馬はそのまま固まった。

「数馬……おいらがいないからって、犬なんかと浮気するなんてひどいや」

「鈴……」

鈴が、そこに立っていた。

以前と、まったく変わらぬ姿——いや、少しだけ、大きくなっただろうか。

それでも、鈴だった。春に出会ったときと同じ水干を着て、同じように長い黒髪を束ね、同じ鈴を足首につけている。あどけない顔をして、大きな目をくりくりとさせ、少し生意気そうに尖った赤い口をして、いつも数馬を一心に見つめている、鈴だった。

無言のまま、数馬は鈴を抱き締めた。

冷えた黒髪に顔を押しつけ、しなやかな体を逞《たくま》しい腕に抱きとめて、しばらく数馬はじっとしていた。

（これは、鈴か……？　本当に、鈴なのか……？）

鈴は、数馬の腕の中でくふんと鼻を鳴らし、わずかに身じろぎをした。

「数馬……苦しいよ」

「あ……す、すまない」

「ここじゃ寒いよ。早く中に入れておくれよ」

「あ、ああ。そうだな」

まるで夢を見ているような心地でいた数馬は我に返り、慌てて鈴を中へ招き入れた。

鈴を中に入れてしまうと、太郎は途端におとなしくなった。土間の隅で丸くなり、じっと訝しげに鈴を見ている。

「火鉢に当たれ。腹は減っていないか？」

「うん、ちょっと減ったかな。あ！　美味そうな油揚げ！」

目ざとく鍋の中に好物を見つけて、鈴が嬉しそうに叫ぶので、数馬は鈴がここへ帰ってきたのだ、とようやく実感した。

大根と油揚げを小皿にとって分けてやり、数馬は鈴が夢中でそれを食べるのを、じっと見つめている。

「鈴……また、逃げ出してきたのか？」

「ううん、違うよ」

あっという間に平らげて、満足そうな顔をしている鈴は、ふるふるとかぶりを振った。

「今日はね、ようやく許してもらったの。おいら、せめて自分の身は守れるようになれって、ずっと兄ちゃんに修行させられてたから」

「修行……？　妖狐の、か？」

「うん」

鈴は頷いて、指先からぽう、と小さな狐火を出してみせる。

「おいら、狐火も使えなかったからさ。これまで兄ちゃんはそういうの全然教えてくれなかったから、おいら狐らしいことなんにもできなかったんだけど。今は、簡単な幻術くらいなら使えるようになったよ」

「本当か……すごいな、それは」

「だって、おいら、数馬に早く会いたかったから」

鈴は少し恥ずかしそうに俯《うつむ》いた。

おや、と数馬は思う。鈴には、羞恥《しゅうち》の心などこれまでなかったはずだ。天衣無縫という言葉そのままに、なんでも思ったことや感じたことを口にし、それがどんなにみだらなことでも、恬然《てんぜん》として恥じることがない。それが、照れたような、恥ずかしそうな顔をしている。そんな鈴の表情など、数馬は初めて見たのだ。

「お前……また、成長したんだなあ、鈴」

「え？　おいら、大きくなった？」

「あ、いや、体もそうだが……心が、な」

「数馬、おいらちゃんと大人になったかな？」

「大人と呼ぶには、まだ少し幼いな」

色々飛び越えてすぐに大人になろうとする鈴が可愛くて、数馬は微笑む。自分でもしまりのない顔をしているのがわかるが、この喜びはどうしようもない。

大人じゃないのかあ、と鈴は少し不平そうに呟く。

「兄ちゃんにはね、そんなに数馬が好きなら、きちんと大人になってから会いに行けって言われていたんだ」

「兄さんに……か？」

鈴はこくりと頷く。

「おいらね、あのとき兄ちゃんと一緒にお山に帰って、すんごく怒られたんだ。でも、おいらが何度も何度も脱走しようとするから、兄ちゃんは呆れちゃって、それならちゃんと強くなってから出ていきなさいって」

「それじゃあ……兄さんは、お前がここへ来ることを許してくれたのか」

「うん……大晦日とか、大事な日には帰んなきゃいけないけれど。しばらくは、ここにいていいんだって」

「そうか……」

また、鈴とこの家で暮らせるのだ。しかも、兄の許しを得て。その信じられないような幸福に、数馬は酔った。その日が来ることを信じて待ってはいたが、まさかこんなにも早くに訪れようとは。

「数馬……」

鈴はすす、と膝でにじって数馬へ寄り添い、不安げに問うた。

「おいら、またここにいてもいいよね？」

「当たり前だろう！」

とうとう数馬は茶碗を手放し、両腕できつく鈴を抱き締める。

（ああ……この温《ぬく》み……この香り……この感触……）

紛れもなく、鈴だった。

数馬の愛した、唯一無二の狐だった。

「鈴……鈴……」

「あ、数馬……」

堪らず、数馬は鈴の口を吸った。柔らかな唇を食み、歯をなぞり、舌をぬるりと絡めた。その歯ぐきの味わい、吐息の悩ましさに、たちまち体は熱くなる。鈴はうっとりと、されるがままになっている。

「お酒の、味がする……」

「寒いのでな……熱くした酒を、飲んでいた」

「おいらね……お酒も、少し飲めるようになったよ」

「飲みたいか?」

こくりと頷く鈴に、数馬は茶碗から一口含み、口移しにそれを鈴へ飲ませてやる。

「ん……」

小さな音を立てて嚥下《えんか》する鈴は、潤んだ目元を少し赤くして、「もう一口」とねだる。

言われるままに何度でも飲ませてやるうちに、酒に強いはずの数馬も、どういうわけか酔い始め、二人はもつれるように布団の上へ転がった。

「ん、ふ……数馬、数馬……」

「はあ……鈴……っ」

少しも離れていたくないというように口を吸い合いながら、二人は急き立てられるように性急に着物を脱ぐ。

熱い肌と肌をぴたりと合わせると、お互いのものはすでに固く張りつめ、悦びの涙を滲ませていた。瑞々《みずみず》しい肌を愛撫しながら、数馬は鈴の甘い香りに溺《おぼ》れ、その太腿《ふともも》へ擦りつけているだけで達してしまいそうになる。鈴の桃色の乳頭に舌を絡め、鈴の甘い声を聞きながら、数馬は熱心にその情け所を油で解してゆく。

「あ、ああ……数馬、早く……」

「しかし……久しぶりなのだから、ゆっくり解さねば……」

「大丈夫……もう十分だよお……おいら、欲しくって欲しくって、おかしくなっちゃいそうなんだ……！」

鈴の切羽詰まった訴えに、数馬は思わず笑った。恥じらいを覚えたかと思ったが、こうしてはっきりと要求を口にするのは、変わってはいないようだ。

数馬は鈴の脚を開き、重たげに揺れる男根に油をたっぷりと塗って、尻の狭間《はざま》へ押しつけた。

期待に紅潮した鈴の頬が震える。数馬は己の激しい鼓動を聞きながら、ゆっくりと押し込んだ。

「あ、ああ……っ！」

ぶちゅん、と濁った音を立て、亀頭が埋まった。鈴が大きく叫ぶ。同時に、びゅる、と鈴は精を放った。先端を入れられただけで、鈴は達してしまったようだ。

その熱さ、その締めつけ、蠢きに、数馬の血が沸騰する。

「く、うう……鈴……っ」

目の前が白く染まる。数馬も、気づけば腎水を漏らしていた。だが、男根は少しも萎《な》えない。むしろさらに隆々とそそり立ち、衰えぬままに、鈴の中へ沈み込んでゆく。

「あ……あぁ……数馬ぁ……っ」

濡れた肉を割り開きながら、数馬の太魔羅はゆっくりとその身をすべて鈴に収めた。どくり、どくり、と魔羅が脈打つのが自分でもわかる。

「はあ……お前の中は、本当に、極楽だ……鈴……」

「数馬も……すごいよお……ああ、おなか、いっぱいになってる……気持ちいいよお……」

二人はねっとりと舌を絡め合い、次第に揺れ動き始める。凍《い》てつく空気の中、二人の火照った肌には細かな汗が浮き、白い湯気がゆらりゆらりと立ち上る。

「ん、ああ、はあ、はあ」

「あ、数馬、は、ふ、んっ、んあ」

鈴の甘い吐息が、甘い汗の香りが、数馬の鼻孔に、喉に、絡みつく。なめし革のような褐色の肌の、別の生き物のようにうねる逞しい筋肉を使いながら、数馬は鈴の好きなところをたくさん丹念に突いてやる。

「鈴……ここだろう？　ここが好きだっただろう……？」

「ああっ……はあ、そう、だよ……、あぁ、いい、すごい……あ、おいら、またぁ……っ」

敏感なしこりを逞しい笠で何度もこねられ、捲り上げられて、鈴は随喜の涙をこぼして再び達した。

油と腎水のくちゃくちゃと掻き混ぜられる音と、二人のけもののような呻き声が延々と続く。

次第に数馬の動きは大きくなり、どちゅ、どちゅ、と奥を激しく突き上げるものになる。

「あうっ！　あう、ああっ！　ひあ、あああっ」

「く、ふ、ふ、う、鈴、鈴っ！」

鈴は必死で数馬の背に爪《つめ》を立て、両脚を太い腰に絡ませて、悲鳴のように叫び立てる。

ぱちゅ、ぱん、と肉と肉のぶつかる音が大きくなり、数馬は額に汗の玉をいくつも浮かべ、獰猛《どうもう》な息を吐きながら、激しく腰を振った。

「あ、ああ、出る、出る……っ」

「頂戴《ちょうだい》、あ、数馬、たくさん、頂戴……！」

数馬は嵐のように動き、びくりと強張《こわば》って、ぐ、ぐ、と最後に何度か深く突いた後、ごぽりと大量の精を吐き出した。

「あ……はあぁ……」

鈴は、うっとりとしてそれを味わっている。腹の中の数馬がどくり、どくりと脈打ち、濃厚な精を放ってゆくのを、陶然として感じ、蕩《とろ》けるように酩酊していた。

「ああ……やっぱり、数馬のは極上だ……美味しくって、体全部とろとろに溶けちゃうよお……」

「そんなに、美味いか……お前の食い意地の張っているのも、変わらないな……」

数馬は愛おしさをこらえ切れぬように、狂おしく鈴を抱き締め、深く口を吸う。そうしているうちに、再びどちらからともなく動き始める。

「はあ……ああ……数馬……すごいね……久しぶりなの……？」

「当たり前だろう……お前のいない間、他の誰かを抱くものか……」

「数馬は、優しくって、いい男だから……誘われることなんか、たくさんあったんだろう……？」

それは、鈴と出会う前から、そうだった。男も女も、性に開放的な時代だ。腰に大小を差していても、温厚なことで有名な数馬は、気安く町人から声をかけられる。花街でなくとも、一度でいいから、と袖を引かれたことも何度かあるのだ。

「おれは……鈴しか、欲しくはない」

「ほんと……？」

「本当だ……お前のいない間、何をしていても、お前のことばかりが頭に浮かび……本当に、苦しかった……」

「数馬……」

熱い吐息混じりに交わされる会話の中で、鈴は悲しげに目を細め、白い指で数馬の頬を撫でた。

「数馬、ごめんね……こんなに待たせちゃって……おいら、急いだんだよ……でも、遅かったね……」

「いいんだ、鈴、いいんだ……」

数馬は込み上げた涙を見られまいと、鈴の頭を抱え込み、敷布に重く冷たく垂れる長い黒髪を梳《す》いた。

「こうして、お前は会いに来てくれた……一生懸命頑張って、おれに会いに来ようとしてくれた……もうそれだけで、おれは救われるんだ……」

きっと、狐の修行とは幼くわがままな鈴には過酷なものだっただろう。それを、自分に会いに来るために耐えてきたのかと思うと、数馬はこらえ切れない。

こうして鈴を抱いていても、まだこれは夢なのではないか、という思いがどこか消えな

い。あまりにも幸福な現実が、それを夢と錯覚させるのだ。

「もう、絶対に離さないぞ、鈴……」

「うん、数馬……おいらを離さないで……」

恋人たちは甘く囁き交わし、快楽を貪《むさぼ》った。

例によって鈴がいくらでも欲しがるので数馬もまるで萎えず、鈴は数馬の腎水を浴びるほど飲んで、その旨味《うまみ》に酔い痴《し》れた。

「ん、んう……数馬ぁ……いいよお……」

「これも、いいか……鈴は、どんな格好でも、いいと言うな……」

数馬は鈴の片脚を胸に抱え上げ、もう片方の脚を跨いで、腰を埋めている。終わりのないような情交の中、二人は何度も体勢を変えて楽しんでいるが、鈴はどの格好でも嬉しがるので、どれが好きなのかわからない。

ずっと入れっ放しにされている菊門は甘く綻《ほころ》び、数馬の太魔羅が出入りするたびに赤い粘膜を見せ、再び押し込まれ、時折白い精をぶちゅ、とこぼしながら、快楽に収斂《しゅうれん》している。

「はあっ、ああ、数馬、数馬ぁ」

とん、とん、と奥を突くたびに、鈴の雄しべから薄い精が漏れる。極まると、もう鈴は垂れ流しの状態で絶頂に飛び続けるのだ。汗で頬に貼りついた黒髪もなまめかしく、ぽっかりと丸く口を開けて、鈴は貪欲に法悦を味わっていた。

「ん、ふ、う、また、出すぞ……っ」

数馬は逞しい裸身から白い湯気を立てながら、全身の筋肉を蠢かせ、鈴を激しく揺らした。

「あっ、ひあ、ああ、ああ――っ」

「くうっ……鈴……！」

髪を振り乱して、鈴が達する。同時に、その最奥で、どぷりと数馬の精が迸る。

何度放ってもその夥《おびただ》しい量は変わらず、数馬は鈴に体の内から無尽蔵の精を引きずり出されているような心地になった。

「少し……休むか、鈴……」

「ん……んう……」

ずるり、と男根を引き抜くと、菊門はその口を開けたまま、とろりとした赤い粘膜を見せている。

数馬は水瓶《みずがめ》から茶碗に水を汲《く》み、鈴に飲ませてやった。あんなに大騒ぎで交わっていたというのに、土間の太郎はすっかり寝入っている。

鈴が布団の上で身じろぎをし、ちりん、と足首の鈴が鳴った。大人になっても、兄に貰った「お守り」は相変わらずつけているらしい。

「また……一緒に暮らせるんだな、鈴……」

「うん……」

汗に濡れた髪を撫で、しっとりとした肌を寄せ合って、数馬は甘く囁く。

「鈴。冬にも美味いものはたんとあるぞ。温かい大福餅は、きっとお前は気に入るだろうし、熱い甘酒やおでんも美味いぞ」

「いいなあ、食べたい。数馬、また色んなところへ連れていってよ」

あ、そうだ、とふと思い出したように鈴は声を上げる。

「旅に出るんでしょう？　温泉に行くって言ってた」

「ああ……そうだったな」

そんなことも覚えていたのか、と数馬はくすぐったくなった。

「お前に、色んなものを見せてやりたいな。冬の旅路は厳しいが……もう少し暖かくなったら、どこかへ行こうか」

「うん！　おいら、色んなところに行きたい。数馬と行きたい！」

鈴は喜んで、縋りついてくる。

以前と変わらぬ無邪気な様子に、数馬も嬉しくなった。

会わぬ間に、鈴が大きく変わってしまっていたら、どうしようかとも考えていたのだ。何しろ、鈴は体の成長も早かった。少し見ないうちに、まるで別人のようになってしまっていたら、と少し不安に思っていたのだ。

もちろん、鈴が何も変わらぬことなどあり得ない。人とて同じだ。時が経てば、人も、狐も変わるだろう。その早さに違いはあるのかもしれないが、数馬はその変化が恐ろしいのではなく、変わってゆくのを側で見られないことが、歯がゆいと思ったのだ。

「数馬、あのね……」

鈴はふと、静かな調子で語りかけてきた。

「兄ちゃんにね、言われたんだ……狐は千年以上生きるけど、人間は百もしないうちに死んじゃうんだ、って」

鈴の言葉が、数馬の胸に突き刺さる。

（確かに、その通りだ……）

それを考えたことなどなかったわけではない。鈴が兄の葉と一緒にいるのを見たときも、同じようなことを考えた。

人と妖狐の時間の流れは違う。鈴のあるべきところは、自分の隣などではなく、同じ妖狐の兄の許であるのではなかろうか、と。

「だからね……数馬を好きになって、辛い思いをするのは、おいらの方なんだ、って。そんなに辛い気持ちを、お前が我慢できるのか、って」

「鈴……」

数馬は、何も答えられない。

そう——残されるのは、鈴の方なのだ。数馬が死んでしまった後も、鈴は生きていく。それこそ、気の遠くなるような長い歳月を。

「でもね、おいら、思ったんだ。兄ちゃんは、死んじゃったおいらを生き返らせてくれただろう？　だから、おいらにも同じことができるんじゃないか、って……。だけど、それはだめって言われた。数馬は狐じゃないから、同じことはできない、って」

「それは……確かに、そうだろうな」

数馬は苦笑する。けれど、鈴の考えも理解できぬことではない。一度死んだ自分が妖狐として蘇《よみがえ》ったのだから、鈴の中で死の観念が曖昧《あいまい》なのも当然だ。

「だからね、おいらは不思議に思ったの。じゃあ、死んじゃったら、数馬はどこへ行くんだろう、って。そうしたらね、兄ちゃんは、人間の魂は、死んだらまた人間として生まれるって言うんだ。よっぽど悪いことでもしない限り、人間はいくつも体を変えていって、魂は次の時代に生きていくんだ、って」

輪廻転生《りんねてんしょう》――鈴の兄は、そのことを説いたのだろう。普通の生き物は、皆肉体が死ねば別の肉体を得て新しい生を生きることを繰り返す。

だが、妖狐や天狗などは、この輪廻の道からはずれている。彼らは永遠に近い時を生き、本来人とは交わらぬ存在なのだ。

「だから、おいらね……数馬の魂を、ずっと追いかけることにしたの」

「魂を……追いかける？」

その突拍子もない表現に、数馬は理解ができなくなる。

「それは一体、どういうことだ？」

「数馬の魂にね……おいらの印をつけるの」

鈴は足首からお守りの鈴を外し、それを数馬の胸にかざす。

「おいらがずっと身につけていたこの鈴……もう、おいらの一部なの。だからこれをね、数馬にあげる」

「お前の鈴を、おれに……？」

「そう」

鈴は頷き、手に持った鈴をちりん、と鳴らした。

「おいらは数馬が生きている限り、こうしてずっと一緒にいるよ。もしも数馬が死んじゃったら、その魂がどこに行くのか、見守ってる。大丈夫、印があるから、数馬がどこに行くかはすぐにわかるんだ。それで、数馬が生まれ変わったらね、おいら、また会いに行くの。何度でも何度でも、おいらの印のある数馬に会いに行くの」

「鈴……」

「おいらは数馬が大好きだから、次の数馬がどんなでも大丈夫だよ。男だって女だって、体が大きくたって、ちっちゃくたって。だって、数馬はおいらの番なんだから……おいらの番は、数馬だけなんだから……」

数馬は、言葉を失った。

なんという、純粋な想いなのだろう。

数馬は、自分が死んでしまった後のことなど、考えなかった。残される鈴の気持ちを慮《おもんぱか》りはしても、その先をどうするかなど、考えてみたこともなかった。

だが、鈴の愛情は本物だった。兄に人と妖狐の違いを諭され、ずっと一緒にはいられないことを知って、小さな胸を痛め、必死に考えた結果なのだろう。

（鈴……お前はなんという、大きな心の持ち主なのだ……）

　数馬は、涙をこらえ切れなかった。鈴がそんなにも自分を想ってくれていたことを、今初めて知ったのだ。

　その愛情の深さに、鈴の無垢な美しい心に、数馬は胸を打たれ、泣いていた。この子のためならば、自分は幾度死んでも構わぬ、と心に決めた。

「数馬……？　どうしたの？　どこか痛いの？」

　数馬が泣くのを見て、鈴は心配そうな顔になる。

　慌てて涙を拭《ぬぐ》い、数馬は赤らんだ顔で笑ってみせた。

「いや、平気だ。なんでもない」

「本当に？」

「ああ、大丈夫だ。そんな顔をするな」

　数馬が大きな手の平で鈴の頬を包み込むと、鈴は気持ちいいのか、うっとりと目を細めた。

「数馬……おいらの鈴、受け取ってくれる？」

「ああ……おれなどでいいのなら、それをおれにくれ」

「もちろんだよ。これは、数馬にしかあげない」

　鈴の手がぽうっと仄白く光り、鈴がちりん、と可憐に鳴った。

てしまう。

するると、鈴はひとりでに手から離れて宙に浮き、すうっと数馬の心臓の上に吸い込まれ

(暖かい……)

奇妙な感覚だった。しかし、悪い心地ではない。

しばらくすると、数馬の左胸に、鈴の形の痣《あざ》のようなものが浮かび上がる。そこへ触れても、何も違和感はない。

「次の数馬も、この印を持って生まれてくるよ」

「なるほど……わかりやすいな」

「おいらは、魂の形も見えるし、匂いもわかるから、すぐに見つかると思う」

鈴はその痣の上へ頬を押しつけ、心臓の音を確かめるように目を閉じた。

「これで、数馬はおいらのもの」

「ああ……」

愛する者に魂までも所有されるという快感。これ以上の逸楽があるのだろうか？

数馬は鈴を抱き締め、優しく、甘く口づけをした。

鈴の大きな黒い瞳が、数馬を映して濡れている。出会った頃と変わらぬ、無垢な瞳だ。

きっとこれからも平穏なだけではない、出会いと別れを繰り返す日々は続くのだろう。

そんな予感がする。

けれど、この魂に鈴の印がある限り、二人が離れることはない。

その絶対的な約束が、数馬の心を安らかにした。

「この方法は、お前の兄さんが教えてくれたのか？」

「うん、そう……」

鈴はまた、少し恥ずかしそうな顔をする。

「兄ちゃんにね、その人間と妖狐の違いを聞いた後、おいら本当に悲しくって、何日も何日も泣いていたんだ。なんにも食べなかったし、一歩も動かなかった。このまま消えてなくなっちゃうのかなっていうくらい、おいら涙を出し尽くして、ぐちゃぐちゃだったんだ」

「そんなに泣いたか」

「だってそうだろ！　数馬がすぐに死んじゃう、って言うんだもの」

「そんなにすぐには死なないが……」

ひどい老人扱いをされた気がして、数馬は苦笑する。だが確かに、永遠に生きる妖狐と比べれば、あまりにも短い一生かもしれない。そのことは、鈴にひどく衝撃を与えたことだろう。

「そうしたらね。兄ちゃんが呆れて、ずっと一緒にいられる方法がないこともない、って言って、教えてくれたの」

「お前の兄さんは……なんだかんだいって、案外優しいな」

殺されかけたことを忘れたわけではいないが、葉の鈴に対する愛情だけは疑いようもない。

死んだ狐の子を自分の弟として蘇らせたのだから、葉ももしかすると寂しかったのかもしれない。長い長い時を、自分と共に生きてくれる存在を求めていたのだろうか。

人間を愚かだ、卑小だ、と蔑《さげす》んでいる様子だったが、最後に信綱を見たあの優しげな眼差しを、数馬はどこか忘れることができずにいる。

(案外、殿のことは憎からず思っているのやもしれぬな……)

「おれも、お前の兄さんに感謝せねばなるまい。この一生よりも永く、鈴といられるのだからな」

「うん、そうだよ！」

鈴は花の咲くようににっこりと笑い、数馬の逞しい胸に縋りついた。

「ずっと一緒だよ。数馬……」

数馬は力強く鈴を抱き、その甘い香りを深々と胸に吸い込んだ。

空気がしん、と冷え始める。もしかすると、外では雪が降っているのかもしれない。

凍てつく冬も、芽生えの春も、燃え盛る夏も、落陽の秋も、鈴と生きていく。

そう思えばこの寒さも、日々の厳しさも、何もかもが輝いて見えるのが不思議だった。

「ずっと一緒だな。鈴……」

世界は無音に包まれ、白が何もかもを覆い隠してゆく。すべてのものを呑み込んで、降り積もる雪はその下にある痕跡《こんせき》を跡形もなく消し、一面の銀世界に変える。

その平らかになった広野の上を、一匹の白狐が鈴の音を追って、どこまでもどこまでも駆けてゆく。鈴は狐を慕うように、優しい音で鳴っている——。

あとがき

こんにちは。丸木文華です。

今回はお江戸の街を舞台にした侍×妖狐のほのぼの話でしたが、いかがでしたでしょうか。妖狐の鈴があまりに幼く純粋だったので、どろどろの展開にはなりませんでした。

これまで人外を書いたことはあっても、いわゆる『ケモ耳』を書いたことはなかったので、新鮮でした。

また、お江戸も初めてでしたので、色々資料を買ってみて読んでみると、これがとってもお腹がすいて仕方がないんです。お江戸の食べ物って、本当に美味しそうで……。この話を書いている最中は、いつもは洋食派の私も、和食が食べたくて仕方なくなり、お寿司やら天麩羅やらばかりを食べていました。昔の味とまったく同じというわけではないのでしょうけど、日本が誇る和食って素晴らしいな〜なんて思ったりしていました。

鈴が狐で油揚げなんかを好きなせいでこってりしたものを多く食べさせましたが、鰻の脂や天麩羅などの油分というのは、油に乏しい和食では貴重なものだったそうで、精をつけるために江戸っ子に好んで食べられていたそうです。鰻、美味しいですよね。みりんなどの調味料が発達して、砂糖なんかも普及し始め、江戸の料理は幅が広がったそうですよ。うーん書いていたらまたお腹が減ってきました。

あ、食べ物の話ばかりしてしまいました。鈴が食いしん坊で食べてばかりいるので釣られてしまいます。甲斐甲斐しく料理を作ってくれる数馬は、理想的な番ですね。鈴も食い意地が張っているだけに、料理を覚え始めたらきっとすぐ上達すると思います。数馬と二人で全国グルメ旅でもしそうですね。

最後に、この本をお手にとってくださった皆様、可愛くてもふもふの挿絵を描いてくださった村崎ハネル先生、お世話になりました編集のF様、本当にありがとうございます。

またどこかでお会いできることを願っております。

丸木文華

江戸の美味しそうな食べ物が沢山出てきたり、
数馬の作った手料理をペロリと平らげる
鈴を想像するたびにお腹が鳴りそうになりました。
ケモ耳大好きなので楽しかったです！

村崎ハネル

本作品は書き下ろしです。

この本を読んでのご意見・ご感想・
ファンレターをお待ちしております。
〒101−0051
東京都千代田区神田神保町2−4−7
久月神田ビル7F
(株)イースト・プレス　アズ文庫 編集部

番《つがい》～つがい～

2015年5月10日　第1刷発行

著　者：丸木文華《まるきぶんげ》

装　丁：株式会社フラット
DTP：臼田彩穂
編　集：福山八千代・面来朋子

発行人：福山八千代
発行所：株式会社イースト・プレス
〒101-0051
東京都千代田区神田神保町2-4-7
久月神田ビル8F
TEL03-5213-4700　FAX03-5213-4701

http://www.eastpress.co.jp/

印刷製本　中央精版印刷株式会社

ISBN978-4-7816-1318-5　C0193